La forêt, le mur et la plume

-

Celle qui ne voyait pas

Simone Mingori

ISBN : 978-2-9584639-0-8
Dépot légal: 10000000807362

A ma famille,

Remerciement spécial à Sylvie et Julien pour leur support dans la création de ce livre.

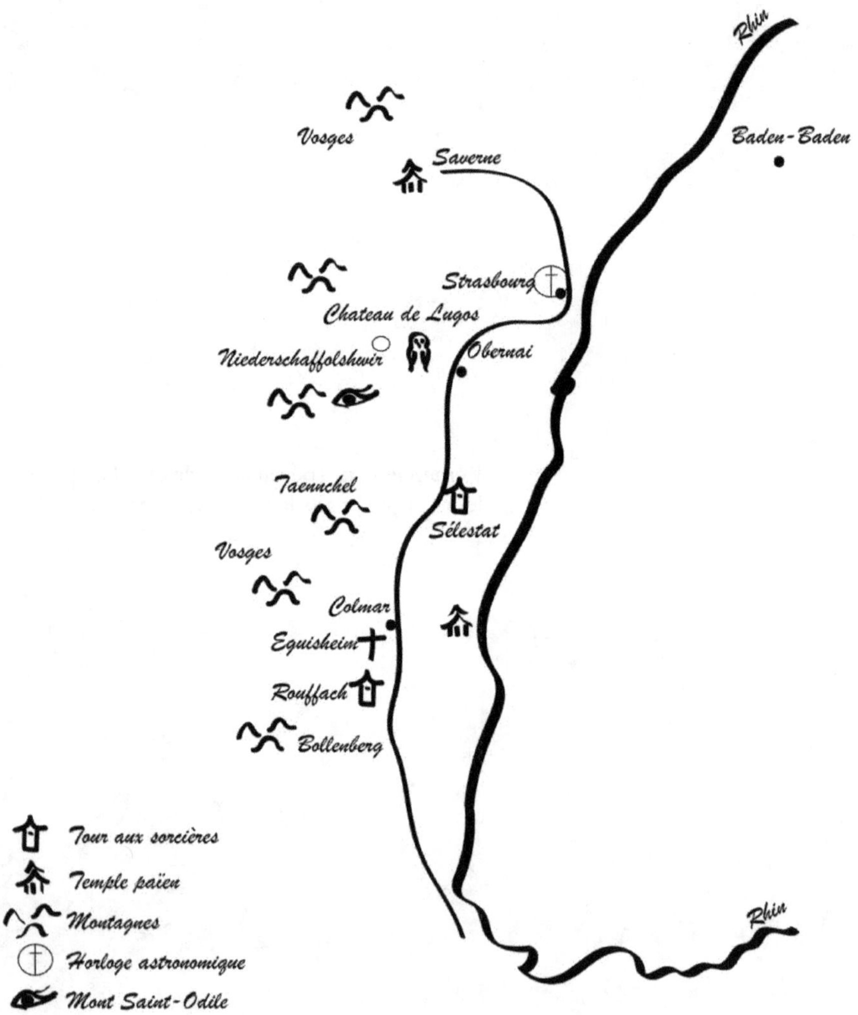
Rhin
Vosges
Saverne
Baden-Baden
Strasbourg
Chateau de Lugos
Niederschaffolshwir
Obernai
Taennchel
Sélestat
Vosges
Colmar
Eguisheim
Rouffach
Bollenberg
Rhin
Tour aux sorcières
Temple païen
Montagnes
Horloge astronomique
Mont Saint-Odile

La forêt, le mur et la plume

-

Celle qui ne voyait pas

« *D'après des récits anciens, toute la superficie du mont a toujours été réservée aux spirituels. Par conséquent, nous avons bien naturellement décidé de placer sous l'autorité de l'abbesse l'ensemble du mont cerné par la forteresse de murs païens. Mais de plus, que personne ne s'avise d'y vivre ou d'occuper la montagne sans l'accord de l'abbesse. Et que personne ne viole, d'une quelconque manière, la paix perpétuelle décrétée par nous même pour ces lieux illustres, qu'ils soient empereurs, rois, archevêques ou autres personnes, grands ou petits...*"

Pape Léon IX, 1050 après Jésus-Christ

I.

Je me réveille haletante et en sueur une fois de plus. L'horloge indique quatre heures du matin. C'est maintenant la troisième fois en une semaine que je fais ce rêve effrayant qui me laisse un goût métallique de sang dans la bouche. Je cours, le souffle court, dans une forêt enneigée. Je longe un mur de pierres, un mur que je sais ancien. Il est si haut que je ne peux rien apercevoir de ce qui se trouve de l’autre côté. Je cherche une entrée à travers le mur, pour me protéger. Je sens un courant d’air glacé dans ma nuque et j’entends un bruit sourd régulier, comme le claquement d’un drap qui sècherait au vent. Je tombe contre le sol, je goûte la saveur d’un mélange de neige, d’humus et de sang. Je me retourne alors, une lumière m’aveugle. Et me voici à nouveau dans ma chambre. Quelque-chose de doux virevolte, me caresse le visage. J’allume ma lampe de chevet. Des plumes volent dans toute la pièce. Je prends mon oreiller, le retourne

dans tous les sens mais ne peux trouver l'endroit où il est percé. Autour de moi, ma chambre a gardé la douceur de son enfance. Sur les murs, le papier peint alterne entre pan de rayures roses et blanches et pan fleuris. Sur mon bureau, des crayons de couleur, une photo de moi avec mon amie Annabelle et mon vieil ours en peluche Maximilien, des affaires qui laissent supposer que je n'ai jamais grandi. A seize ans, peut-être qu'il serait temps que je change la décoration, que je mette des posters de mes idoles, que je repeigne les murs en noir pour montrer mon désespoir d'adolescente, mais tout cela je m'en contrefiche. Je n'ai pas de temps à perdre avec ces bêtises. Mes murs resteront donc sucrés et enfantins. Pour être honnête, je ne les vois même plus. Les rideaux de lin blancs s'agitent, la fenêtre est entrouverte. Je m'en vais la fermer. Une plume blanche s'était délicatement posée sur le rebord, je l'observe être emportée au loin par le mistral.
Bien qu'il n'y ait plus d'air qui circule dans la pièce, je grelotte, comme si la neige de mon cauchemar avait transpercé ma peau. Je m'enveloppe dans ma couette. "*De toutes façons, il n'y a jamais de neige à Marseille.*" Je tremble encore quelques instants avant de me rendormir en serrant mon oreiller contre mon cœur et sans avoir éteint la lumière.
Le lendemain matin, branle-bas de combat : nous partons, mes parents et moi, passer nos vacances d'été en Alsace chez mon arrière-grand-mère. Elle a littéralement cent-sept ans mais vit toujours seule, dans une maison bleue à colombages perdue dans

une forêt des Vosges à proximité d'Obernai. J'adore mon arrière-grand-mère, sa douceur, sa délicatesse et son physique extravagant. Comme moi, elle mesure juste un peu plus d'un mètre quatre-vingts, a de grandes mains, de grands pieds, un nez aquilin qui apporte à son visage prestance et charme, sans oublier de grandes oreilles qu'elle orne de boucles d'oreilles démesurées, lourdes de grosses perles ou de pierres précieuses, et qui allongent encore plus ses lobes. Mes grandes oreilles, je les cache sous mes cheveux qui ne semblent jamais assez longs au vu de la tâche. Mes longues mèches d'un blond vénitien se contournent au niveau des pointes, au-dessus de mon bassin. Jamais je n'oserais les porter en chignon comme le fait mon aïeule. Elle se prénomme Marie-Augustine ; nous, nous l'appelons Omala, ce qui signifie « petite grand-mère » en Alsacien.

Pour aller en Alsace, nous faisons toujours la route en voiture. Ce n'est pas très écologique, il est temps que mes parents se mettent au goût du jour. Ce n'est pas un voyage très confortable : nous avons une petite voiture bruyante et dont j'ai bien peur qu'elle ne pollue beaucoup. Je suis, de fait, écrasée contre l'une des portières, luttant pour ne pas être ensevelie sous une pile hystérique de pull-overs et de manteaux que ma mère s'évertue à préparer chaque année, à la dernière minute, bien que nous partions en été. Ma mère est une Américaine qui a grandi dans le Mid-South, une région chaude des États-Unis. Pour elle, le climat est le même dans le nord-est de la France et au nord de la

Finlande. Je me cale dans mon coin, je mets des écouteurs. je choisis ma musique sur mon téléphone, et je la fais jouer suffisamment fort pour qu'elle couvre les discussions ennuyeuses de mes parents. Parfois ils me parlent, mais je fais mine de ne pas les entendre. Je n'ai pas envie de gâcher mes vacances dès le départ avec des débats inutiles sur mes résultats moyens de lycéenne.

Chaque fois que nous montons en Alsace, nous faisons une unique pause de quelques minutes à Bourg-en-Bresse pour manger un sandwich, changer de conducteur, utiliser des toilettes douteuses sur l'aire d'autoroute et repartir. Après des heures de lignes droites, nous arrivons enfin à Belfort, puis en Alsace. Nous prenons les petites routes à travers les champs de maïs et les vignobles des pentes escarpées des Vosges. Je me suis toujours demandé comment nous y faisions les vendanges. Nous avons croisé occasionnellement l'un de ces petits tracteurs vendangeurs qui montent courageusement les pentes, tandis que notre voiture, elle, patine sur les gravillons en laissant échapper un dégoûtant gaz noir du pot d'échappement. La fumée toxique se dissipe sur les vignes et j'ai honte. Ce n'est probablement pas la route la plus rapide que mon père prend, mais c'est sa façon à lui de me transmettre ses souvenirs d'enfance et sa patrie. Il ne parle jamais beaucoup, mais ici il devient presque loquace, indiquant de ci la meilleure pâtisserie où trouver des tartes au fromage blanc, de là une abbaye cachée dans la forêt qui a résisté à un obus allemand qui s'était niché dans son toit et se tient face à une pierre dite du diable. Des balcons garnis de géraniums roses et rouges, des châteaux et des églises émergeants des collines, des toits brillants de céramiques multicolores et quelques cigognes qui craquettent, puis, au détour d'un calvaire fleuri, plus de distractions. Nous nous enfonçons dans la forêt. C'est quand elle se fait la plus dense et la plus sombre que nous nous échappons, traversant un petit village aux maisons à colombages qui semble d'un autre temps. De l'autre côté du village, au sommet d'un chemin de gravier, se trouve la petite chaumière bleue de nos vacances. Ce que je préfère, depuis l'enfance, c'est m'extirper du monticule de manteaux et courir jusqu'à l'entrée pour sonner la grosse cloche de bronze, qui émet un boucan terrible. Omala sort de sa maison, son châle sur les épaules, un petit chignon tiré dans son cou, son sourire immense. Elle glisse une mèche de mes cheveux qui couvre mes yeux derrière mon oreille. « *Enfin une personne à ma hauteur.* » s'amuse-t-elle. Nous entrons toutes deux, dans une douce odeur de cannelle et de cardamome. Sur le parvis, mes parents sont engloutis par un tsunami de manteaux.

A quatre, nous passons une soirée agréable où je me goinfre de gâteaux à la poudre d'amande ou à la cannelle, tout en racontant les détails insignifiants de ma vie à mon arrière-grand-mère : les copines, les garçons, les profs, le lycée. Ma vie n'est pas très intéressante : je ne suis pas l’une de ces filles populaires, je n'ai de talent caché ni pour les sports, ni pour un art, ni pour quoi que ce soit à vrai dire. Je suis une élève moyenne mais, mon investissement dans les études étant relativement bas, je m'en satisfais aisément. Je ne m'intéresse qu'à l'histoire et aux sciences de la vie et de la terre.

Ce soir-là, je raconte comment, lorsque parfois je touche une pierre de monuments historiques, il me semble, l'espace d'un instant, entendre et sentir un moment de son histoire. Omala semble très intéressée, tandis que mon père lève les yeux au ciel. Ma mère croit nécessaire de raconter mes cauchemars à répétition et mes histoires de forêts et de plumes. Je n'aurais probablement pas dû lui en parler. Ceci semble interpeller mon aïeule. Elle me fait promettre de ne pas m'aventurer seule en forêt, ce qui ne me serait pas vraiment venu à l'idée. C'est qu'elle est effrayante cette grande forêt d'Alsace et ses arbres gigantesques et touffus, à travers lesquels on ne voit plus le ciel ! Il y fait si humide et si frais. On y marche sur des sols moelleux couverts de feuilles et l'on n'entend pas le bruit de ses propres pas, mais ça craque dans tous les sens. C'est la demeure des animaux, des petits et des grands, des écureuils, des cerfs et des coléoptères. Et des rapaces terribles qui nous observent depuis les hauteurs des branches, à l'affût d'un goûter. C'est tellement différent des pinèdes où les cigales qui chantonnent créent une ambiance musicale et réconfortante.

Le dîner fini, je pars soi-disant me coucher tôt, dans l'idée de texter mes amis, notamment Annabelle, pour leur raconter ma

journée en voiture sans intérêt. Je quitte mon père, affalé dans un fauteuil et s'abreuvant de schnaps, et ma mère et Omala qui finissent quelques douceurs accompagnant une infusion à l'odeur rédhibitoire. Elles ne se comprennent pas, ma mère parlant mal le français et mon Omala ayant un accent alsacien très fort et étant un peu sourde. La situation est fort comique. Depuis les escaliers qui montent aux chambres j'entends ma mère hurler « *Pardon, mais je ne comprendre pas ?* ». Si elle passe une autre vingtaine d'années en France, elle saura peut-être conjuguer un verbe.
Le lendemain matin, que le réveil est difficile. J'ai passé une bonne partie de la nuit à discuter sur mon téléphone avec mon amie Annabelle, puis vers deux heures du matin je me suis enfin endormie. J'avais oublié ce fichu coq qui a commencé à pousser ses vocalises à 5h du matin, tandis que le soleil se levait. Impossible de me rendormir. Je me lève ainsi de mauvaise grâce, marmonnant des obscénités. J'attrape un édredon, dans lequel j'aime m'emmitoufler, et je descends dans la cuisine guidée par l'odeur du petit déjeuner. Mon arrière-grand-mère, toujours de bonne humeur, s'amuse de mon allure tandis qu'elle s'affaire pour préparer une salade de fruits. Mon père revient visiblement d'un jogging en forêt. Il ne faisait plus vraiment d'exercice, je suis contente de le voir ainsi. Ma mère, quant à elle, s'est déjà douchée habillée et maquillée. Elle a même fait une mise en plis, ses cheveux englués de laque font l'effet de papier maché. Je me retiens de les tapoter avec un doigt pour voir s'ils bougeraient

d'un seul bloc. Je ne sais pas à quelle heure elle a dû se lever pour autant au travail et je ne pense pas que ça en valait la peine. A présent elle coupe de grandes tranches de pain, puis les met à griller au four. C'est une cuisine d'un autre siècle et mal équipée mais je ne me lasse pas de la cuisinière verte, du carrelage multicolore qui pare les murs ou du réfrigérateur bruyant qui n'a jamais été changé en 50 ans parce qu'à l'époque « *on construisait les choses pour qu'elles durent…* »

Je m'installe à table après y avoir déposé le beurre et la confiture, marmonnant et toujours emmitouflée dans ma couette, dans l'hilarité de ma famille. Soudain, Omala se tourne vers nous « *Enfin ! A bientôt mes chéris, dans un autre Monde.* » dit-elle, satisfaite. L'instant suivant, il ne reste plus d'elle que sa robe et ses grosses boucles d'oreilles d'onyx sur le carrelage de terre cuite.

Ma tartine de confiture goutte au-dessus de mon bol de Ricoré. Je me frotte les yeux, mon cerveau encore embrumé ne pouvant procéder l'information. Une seconde plus tôt, Omala était là. Il n'y a pas eu de fumée, de portail tridimensionnel ou je ne sais quoi… Une seconde plus tard, elle n'était plus là. Seules ses affaires sont là, jonchant le sol. Je crois être encore endormie, peut-être parce qu'une partie de moi dort toujours. Je ferme un œil, puis l'autre, les rouvre, baille, tourne la tête, me gratte les cheveux, fixe les vêtements sur le sol puis mes parents. Il y a un moment de silence terrible. On se regarde, puis on détourne les yeux, puis on regarde le sol, puis on se regarde à nouveau. Je perds toute notion de temps et de logique. Mon père prend une chaise, s'assoit, inspire profondément et nous sourit. « *Ma chérie,* dit-il calmement à ma mère, *tu te souviens de ce dont nous avions discuté, juste avant notre mariage ?* » Elle acquiesce, se tourne vers moi et murmure : « *I am so sorry, Célestine. We have been so lucky to enjoy your great granny for so long. She is gone now, but in heaven she will join her children and her husband. We need to not be egoistic and let her soul meet them in a better world.*[1]»

Il m'est impossible de comprendre ce qu'il vient de se passer. Mon Omala n'est pas morte, elle s'est volatilisée après nous avoir dit au revoir. Je peux concevoir les accidents, les longues maladies, les morts subites dues à un accident vasculaire cérébral, une électrocution ou je ne sais quoi. Que mon Omala soit décédée m'aurait rendu triste, mais au vu de son âge je m'y attendais depuis quelques temps. Elle n'était pourtant ni frêle ni gâteuse, elle se tenait le dos droit, marchait d'un pas décidé, riait fort de sa voix rauque. Cependant, depuis qu'elle avait dépassé la centaine, nous imaginions le pire à chaque sonnerie de téléphone un peu tardive. Ceci étant dit, quand une personne décède, elle laisse généralement un corps inerte

[1] *Je suis désolée. Il faut se réjouir d'avoir pu profiter de ton arrière-grand-mère aussi longtemps. Au ciel, elle retrouvera ton arrière-grand-père et ton grand-père. Ce devait être terrible pour elle d'être ici avec nous sans son mari et ses enfants. A présent, ils sont tous réunis.*

derrière elle. Il n'y a pas de corps, il n'y a rien ! Je me lève, fais le tour du tas de vêtements, m'agenouille, l'inspecte. Rien du tout.

Mon père, lui, semble savoir ce qu'il se passe. Je le regarde interloquée, fixe la robe au sol puis la lui indique. Il semble réellement affecté. Ma mère s'approche de lui, le prend dans ses bras, l'embrasse dans les cheveux. Je ramasse les boucles d'oreilles, le châle, les chaussures, puis la robe avec laquelle viennent les bas et même les sous-vêtements. Je pars, monte les escaliers et me rends à la chambre de mon aïeule. Je pose ses affaires négligemment, puis je scrute la pièce. Il n'y a rien là de particulier, elle ne s'y était pas miraculeusement cachée. Je m'allonge sur son lit de bois sombre, peint de motifs floraux colorés. Le couvre-lit semble le témoin d'une richesse passée. De surpiquage et de broderies, le doux tissu est élimé et d'un bleu-vert passé. Sur le mur une photo sépia très formelle d'Omala enfant, avec une robe au large col marin et un gros nœud dans les cheveux, me fait face. Un petit oiseau est posé sur son épaule, son regard dirigé vers moi comme s'il pouvait me voir. Je détourne mes yeux qui s'arrêtent sur le papier peint représentant de grosses fleurs couleur Bordeaux enlacées de feuilles et d'arabesques bleu-vert sombre, par endroit déchiré ou moisi. J'en connais bientôt chaque défaut. Près de la fenêtre, à l'endroit où le papier avait été le plus endommagé par les rayons du soleil, se trouve un rideau du même tissu que le couvre-lit. Il n'encercle pas une fenêtre, il sert de porte pour une armoire. Omala m'avait toujours interdit de m'en approcher et enfant, j'imaginais qu'elle y cachait ses trésors. Je me lève, tire le rideau. Pas de merveilles mais des tabliers que je reconnais sans peine. Ils semblent tout droit sortis des années 60 avec de grosses fleurs et des couleurs vives, jaune bouton d'or, corail, fuchsia, bleu roi. Ils sont rangés sur des cintres, les rendant ainsi précieux. A droite, sa robe du dimanche. Cela m'a toujours amusé car elle n'allait jamais à l'église, mais, chaque jour saint, se paraît de sa belle robe et de ses bijoux, se maquillait, se coiffait d'un peigne doré qu'elle piquait dans son chignon. Enfin, sur le dernier cintre, il y a une longue robe blanche, sa robe de mariée je pense. Elle est très belle mais très simple, sans fioriture d'aucune sorte. Au même cintre est accroché un sac en bandoulière en toile de jute. Je ne peux m'empêcher d'y farfouiller. J'y trouve une couronne de fleurs séchées, un couteau arrondi très court, divers je-ne-sais-quoi, un très beau collier avec une plaque ronde en métal doré et une émeraude puis, tout au fond, une enveloppe quelque peu jaunie. Quand je la retourne, je réalise qu'elle m'est adressée : « *Célestine* », écrit élégamment à la plume. C'est alors que j'entends les escaliers craquer, quelqu'un monte. Je fourre l'enveloppe dans la poche de mon cardigan, je tire à toute vitesse le rideau de l'armoire et m'assieds sur le bord du lit avant que ma mère ne rentre dans la pièce, un sourire empathique sur son visage.

En tailleur sur le parquet et me faisant face, elle me prend la main. Elle soupire et fait une moue qui ne m'est pas familière. Il me semble qu'elle brûle de me dire quelque chose. Sa bouche s'ouvre, puis se referme dans un soupir. Très franchement, on dirait une carpe. Je sens une boule de colère monter depuis mon ventre et jusque dans ma gorge. Enfin, avant que je n'explose, elle émet un son.

« Well, where to start ? [2]*Quand ton Père a finalement consenti to propose*[3]*, j'en ai voulu à lui... For so long*[4]*... Je sentais qu'il y avait quelque chose qui lui posait oune problème. Il m'aimait, I was fully convinced*[5]*...* »

Je la coupe sèchement

« *Maman, je ne veux pas te vexer, mais là, franchement, je ne vois pas...*

- Je jamais avoir rencontré sa famille. I mean[6]*, jusqu'au jour de notre mariage,no one, même pas pendant les préparatives... Et la veille de notre mariage, your dad disappears*[7]*. Impossible de le joindre, rien... Everybody calls*[8]

---

[2] *Bien, par où commencer?*

[3] *à me demander en mariage*

[4] *Pendant si longtemps.*

[5] *J'en étais parfaitement convaincue*

[6] *Ce que je veux dire c'est que*

[7] *Ton père disparait*

[8] *Tout le monde me téléphone.*

: le traiteur, les invités, le fleuriste... Je ne savoir absolument pas ce qui se passait...

- Mais finalement tout s'est bien passé. La preuve : je suis là, non ?

- Well, you know, la veille de notre mariage, je ne pouvais pas dormir, of course[9]. Et voilà qu'on tambourine à la porte de notwe appartement. By the spyglass, on the door, I realized that[10] c'est ton père. J'ouvre et il s'écwoule dans mes bras. Il était couvert de sang, sentait, je ne sais pas... So fracking horrible, I still smell it. Sewers smell better[11]. Il m'a regardé, m'a dit je t'aime. Je l'ai envoyé pwendwe une douche.

-Humm...

- Quand il est sorti de la salle de bain, j'avais pwéparé deux verres de vin. Pour être honnête, je m'étais servi un peu de vodka avant et j'étais pompette...

- Je ne t'imaginais pas vraiment... Pas vraiment ce genre, tu sais... Le genre qui boit ses problèmes...

- Ton père m'a dit qu'il m'aimait, mais que je devais lui faire une pwomesse, pour notre mariage, le lendemain. Il m'a dit qu'un jour something will happen, something strange and that, on that day, I will need to trust him, [12] Lui faire confiance et

---

[9] *évidemment*

[10] *Par l'œillet dans la porte, je me rends compte que c'est ton père.*

[11] *Si mauvais que je peux encore le sentir, pire que s'il était allé trainer dans les égoûts.*

[12] *il se passerait quelque chose d'étrange et que ce jour-là, je devrai lui faire confiance.*

accepter les choses, accepter ses décisions sans poser de questions, I remember his own words.[13] *Il m'a demandé si je voulais toujours l'épouser. Et bien sûr, j'ai dit oui. Le lendemain je rencontwais Omala et Paul, le cousin de ton père. C'était sa famille. Je n'ai plus jamais vu Paul de ma vie.*

- Mais il s'était passé quoi ce soir-là ?

- Je ne sais pas...

- Il lui ai arrivé quoi à Omala ? Elle est morte ? télétransportée ? Elle est où ?

- Je ne sais pas...

- Mais enfin, tu dois bien savoir quelque chose ! On ne vit pas vingt ans avec quelqu'un sans rien connaitre de sa vie ? » Je hurle et je sens que je m'empourpre.

« Et bien visiblement si. Célestine, calm down[14]*... Ton père sait ce qui doit être fait. Il m'a dit qu'Omala était décédée et qu'il devait s'occuper de l'enterrement...*

- Enterrer quoi ?

- I do not know[15] *! »* dit-elle, commençant elle-même a perdre patience.

« *Tu te moques de moi ou quoi ?* » Je me lève, furieuse.

- Non, Célestine, attends. Where do you think you are going ?[16]

- Chercher des réponses ! Je vais parler à Papa !

---

[13] *Je me souviens de ses propres mots.*

[14] *Calme-toi*

[15] *Je ne sais pas!*

[16] *où vas-tu ?*

- *Célestine, I really believe your dad does not know much more about it himself*[17]*...* »

Je claque la porte et descends en trombe les marches de l'escalier. Personne dans la maison, je sors dans le jardin. Je ressens immédiatement une étrangeté que je ne peux définir, dans ce lieu qui m'est d'habitude familier et rassurant. Le vent berce les rosiers et emporte avec lui leur charmant parfum. Le vieux pommier au milieu du gazon balance ses branches, ses petites pommes encore vertes bien accrochées. Le jardin semble agité car un nombre non usuel d'oiseaux s'y promènent : de petits rouges-gorges piaillant, un faisan magnifique paré de rouge, de vert et d'ambre, des corbeaux, des pies, et même, ce que j'imagine être un aigle, un oiseau volant très haut, aux ailes immenses, et qui tourne au-dessus de la chaumière bleue comme s'il y avait repéré quelque proie… « *Silence !* » Je jurerais qu'ils m'ont obéi. J'entends hurler le silence, cela me glace le sang. Puis, un bruit de pas sur le gravier : mon père marche, accompagnant un type barbu et rougeaud qui traine son poids. Il semble jovial, donne des tapes sur l'épaule de mon père dans de grands éclats de voix. Il porte en bandoulière un sac en toile de jute, duquel il sort deux immenses chopes à bière, tandis que mon père lui donne une œillade réprobatrice. Cet inconnu doit être l'homme le plus sympathique du monde. Il m'attrape par la taille, comme s'il

[17] *Célestine, je crois que ton père n'en sait lui-même pas beaucoup plus…*

m'avait toujours connu, me fait tournoyer jusqu'à m'en soulever le cœur, et tandis que je le supplie d'arrêter, me fait virevolter dans l'autre sens, puis me repose en douceur comme si j'étais faite de cristal.
« *Toujours tourner dans l'autre sens si on ne veut pas vomir* » dit-il en riant. « *La très belle Célestine.* » Il me fait une révérence, me baisant la main devant mon père hilare. « *Et, Jacques, elle n'est pas mariée ta fille, parce qu'elle est belle, hein. Tu l'as bien réussie.* »
Embarrassée, mes joues s'empourprent. L'homme me prend dans ses bras et me fait quatre bises humides qui piquent, à cause de sa barbe. Mon père arbore un sourire moqueur. « Célestine, *voici mon cousin Paul.* » Paul, l'autre membre de la famille de mon père que ma mère avait rencontré. « *Paul est le prêtre qui va s'occuper de l'enterrement d'Omala.* ». Je me demande immédiatement quel corps il espère enterrer, mais Paul me fait un clin d'œil et murmure « *A cercueil fermé, hein, on ne voudrait pas que les voisins posent trop de questions... Aller, ma belle. Ta grand-mère, que dis-je, ton arrière-grand-mère, a eu une vie magnifique et bien remplie, mais aussi dure. Elle a perdu son mari, ses enfants. Et imagine, devoir élever ton père ! Nous l'aimions tous, mais elle va retrouver à présent ceux qu'elle a aimé le plus, et dans un monde meilleur.* » Il me salue d'un geste de main et entre dans la

maison d'Omala. « *Et maintenant, Jacques, buvons-nous donc une petite bibine à nos retrouvailles*... »
Il me semble que le faisan, désapprobateur de Paul, tourne ses plumes pour nous montrer son croupion. Je ne suis pas sûre moi-même d'apprécier l'olibrius qui se trouve être le cousin germain de mon père, mais il y a quelque chose en lui de chaleureux et bienveillant qui me rassérène. Le jardin est redevenu immobile tandis que le soleil se couche. Je me demande quelle heure il peut bien être, tard sûrement puisque nous sommes en Juillet. La journée s'est écoulée en quelques secondes et je me sens désorientée. Et affamée, je n'ai rien ingurgitée de la journée et voici que mon estomac se rappelle à mon bon souvenir. « *Bonne nuit, les oiseaux, bonne nuit, la forêt, bonne nuit, le Monde. Et à demain matin*... », je murmure les paroles que me répétait Omala, soir après soir, quand j'étais enfant et qu'elle me bordait dans mon lit. J'y ajoute un « *Bonne nuit Omala* », avant de rentrer dans la maison auprès de mes parents.
Dès le lendemain, les funérailles ont lieu. Je suppose que quand il n'y a pas de corps à embaumer, le processus est accéléré. Beaucoup de coups de téléphone ont été passés, on a trouvé un cercueil et acheté de gros camélias rouges comme elle les aimait. Dans une église de briques rouges, Paul célèbre une messe face à une audience des plus restreintes. Cette célébration n'est qu'une mascarade dans le but de faire taire

les voisins, nous le savons tous et il m'est difficile d'éprouver un sentiment de finalité dans ces adieux. Omala n'était pas croyante, mais sa disparition pour le moins ésotérique ne peut s'accommoder des pratiques usuelles locales. Il faut bien la justifier, d'une façon ou d'une autre. Mais dans mon esprit, elle laisse une porte ouverte sur pléthore de questions et d'hypothèses. Bien qu'ils ne soient pas nombreux à s'être déplacés, tous nous témoignent une profonde empathie. Après la cérémonie, nous nous rendons au crématorium. Nous recevons des cendres dans une boîte en carton, un peu comme lorsque l'on commande un plat a emporter au restaurant chinois. Que c'est déstabilisant ! Même si j'ai beau savoir que ce ne sont pas réellement les cendres d'Omala, j'aurais préféré qu'on nous les rende dans une urne. J'imaginais que nous rentrerions à la maison juste après, mais voilà que nous prenons la voiture pour ce qui me paraît un temps infini. Nous traversons de petites routes sinueuses au milieu de la forêt, encore et encore. Des arbres, toujours et encore, à m'en donner la nausée, à moins que ce ne soit les virages. Je ferme les yeux, et je vois toujours du vert. Je m'assoupis entre émeraude, kaki et mousse. Le rythme ralentit et je rouvre les yeux tandis que mon père gare la voiture. Nous sortons, ma mère tenant la petite boîte en carton. Je suis mes parents, complètement passive. Ce sont mes premières funérailles, je ne sais pas trop comment me tenir. Je ne comprends toujours pas ce que nous faisons à promener les cendres d'un cercueil vide. Peut-être cela soulagera-t-il mon père ? Quoi qu'il en soit, nous marchons dans la forêt. Très longue, cette promenade de boîte de poussière. Ma mère et moi n'étions pas préparées à cette randonnée interminable dans la mousse et les crocus. Nos petites chaussures se couvrent bien vite de terre. Je regarde mon téléphone furtivement, quand Paul et mon Père s'arrêtent pour discuter. Le cousin n'est pas sportif, il sue, et halète, et fait une pause. Mon téléphone ne capte rien. Je finis par demander à mon Père où nous allons disséminer les cendres d'Omala. C'est alors que mon Père et Paul éclatent d'un rire franc. « *Tu sais bien, ma chérie, qu'il n'y a pas vraiment de cendres d'Omala, n'est-ce-pas ? Nous sommes au Taennchel, une montagne sacrée. C'est en son sommet que nous dirons un dernier adieu à Omala. Le vent emportera nos paroles vers elle.* » Nous repartons et continuons à marcher une paire d'heures, à travers la forêt. En faisant un peu plus attention à ce qui m'entoure, je me rends compte que, de toutes parts, le sol est recouvert de larges pierres moussues, certaines réellement énormes, entreposées comme des dolmens. Paul me dit que la forêt du Taennchel a gardé sa magie depuis l'époque où elle avait été habitée par des trolls. Il se moque de moi et nous raconte des fantaisies enfantines. Ceci étant dit, je ne suis plus sûre de rien depuis que mon arrière-grand-mère s'est volatilisée. Finalement, nous voici au sommet. La vue est splendide : d'un côté trois châteaux pointent leurs tours hors du toit feuillu de la montagne, de l'autre s'érigent d'autres monts vosgiens couverts de forêt. Sur une langue de pierre qui se jette dans le vide, mon père et son cousin murmurent des paroles que je n'entends pas très bien. Paul s'arrête soudain, vient me chercher, prend ma main et me tire vers la pierre. « *Ici, tu peux dire ce que tu veux à Omala pour lui dire au revoir* ».

Et il me laisse là, au bord d'une falaise d'au moins cinq-cents mètres. La vue est à couper le souffle et je ressens presque immédiatement un sentiment de bien-être. Un courant étrange me parcourt depuis les pieds, jusque dans ma colonne vertébrale, mon ventre, ma gorge, un peu comme lorsque l'on rentre dans un bain chaud. Je ferme les yeux, pense à Omala. Je suis habitée du bruit du foehn, du chant des oiseaux, des craquements du bois. Ma mère s'approche, pose sa main sur mon épaule « *Ma chérie, il faut y aller maintenant. Il commence à être tard.* » Je ne sais pas combien de temps s'est écoulé, mais le soleil décline. Suis-je restée ainsi plusieurs heures ? Nous nous pressons sur le chemin du retour, ma mère me tenant la main. Je pense qu'elle n'est pas vraiment rassurée par la brume qui commence à se lever et les bruits de la forêt. De mon côté, je m'émerveille de l'ambiance éthérée. J'entr'aperçois même de petites souris cachées dans la mousse et une chouette dans les hauteurs des arbres. A chaque fois, je m'arrête pour les prendre en photo dans leur milieu naturel. Elles ne s'en offusquent pas et le rendu sur mon téléphone est magnifique. Par contre, toujours pas de réseau. Madame la chouette me regarde de ses grands yeux noirs. Je la salue et passe ma route. Elle s'envole, étendant ses grandes ailes mordorées. Me frôlant, une de ses plumes tombe dans ma main. Soudain, mon cauchemar refait surface et je me mets à courir, suivant la chouette qui nous précède. Le vent, dans un tourbillon de feuilles, semble lui aussi m'indiquer le chemin. Je les suis, je sais qu'elles me guident, qu'il faut se dépêcher, je ne sais pas pourquoi. Puis, le vent retombe, la chouette pique vers le ciel et disparait. Quelques mètres plus loin, j'aperçois notre voiture. Je m'assois sur un rocher et retire mes ballerines crottées d'humus. J'ai une belle ampoule sur le gros orteil, cela n'a aucune importance. Je pose mes pieds à même le sol, c'est la chose la plus douce qui soit. Ma famille me rejoint bientôt. Ma mère tient le bras de mon père, tandis que Paul, toujours aussi jovial, agite un morceau de bois en ma direction. Mes parents, rassurés de me voir, me sourient. Ils avaient dû s'inquiéter de ma course subite. Nous rentrons dans une certaine bonne humeur. Après avoir raccompagné Paul, cependant, l'ambiance devient plus calme. Personne ne parle plus. Nous dînons et il manque une personne à table. Nous nous couchons dans le silence.

Le jour suivant, mes parents ont un rendez-vous chez le notaire. Ils partent tôt, alors que je dors encore. Au réveil, je me retrouve donc seule dans la chaumière, une note sur ma table de chevet. « *Revenons vite, t'avons laissé des viennoiseries dans la cuisine.* ». Je n'ai pas vraiment envie de prendre seule mon repas dans la cuisine dans laquelle Omala a disparu. Je fouille dans mon sac à dos et y trouve une barre de muesli qui fera l'affaire. Puis je prends une douche, m'habille, me coiffe. Pas encore tout à fait prête, j'entends des éclats de voix. « *Mais Jacques, tu n'y penses pas sérieusement ?*

- *Et bien si, pourquoi pas, après tout. C'est formidable, non ?*
- *Mais et ton travail ? Et le lycée de Célestine ?*
- *Il y a des lycées ici aussi. Donnons-nous quelques jours pour y réfléchir !* »

Je n'ai jamais vu mes parents se disputer ainsi auparavant. Je demande calmement « *Que se passe-t-il ?* » . Ma mère, rouge de rage, se tourne sèchement vers moi « *Ton père a hérité d'une forêt !* »

II.

Une semaine bien ombrageuse vient de s'écouler. J'ai parfois fantasmé un grand-oncle américain richissime qui nous lèguerait un coffre rempli d'or. Nous quitterions notre petit appartement marseillais, nous aurions un jardin, avec un trampoline et une de ces piscines qui se fond dans le ciel et la mer. Et une vue, je ne sais pas une vue de quoi, mais pas sur le balcon du voisin. Peut-être même que mes parents m'autoriseraient un chien. D'Omala, mon père et moi avons hérité de la chaumière bleue, mais également d'une forêt et d'une scierie. Cela semble irréel : je n'avais jamais imaginé qu'une forêt puisse être considérée comme un bien, héritable qui plus est. J'aimais l'idée que quelque chose de mon arrière-grand-mère me reste, une chose que je serrerai contre mon cœur en pensant aux merveilleux moments que nous avons passés ensemble. Elle m'a chanté des comptines, m'a appris à

reconnaitre les plantes aromatiques qu'elle cultivait, m'a donné une petite cuillère pour goûter ses pots de confiture de fraises du jardin, m'a appris à tricoter, à cuisiner. Elle m'avait murmuré, en prenant un mauvais accent anglais : *« Ce n'est pas avec ton américaine de mère que tu apprendras ça.* »
Jusqu'à mes quatre ans, j'ai vécu aux États-Unis, à Memphis, ville du Rhythm and Blues. Il a été décidé de déménager en France pour des raisons de sécurité, d'éducation et de santé, parce que Memphis est gangrénée par des batailles de gangs et parce que les États-Unis n'ont pas l'âme sociale. On a déménagé « *pour le bien de la petite* », la petite étant moi, et j'ai grandi depuis. Ma mère aspire à rentrer dans son pays, dans son Mid-South natal. Elle veut retourner au bord du Mississipi, boire un grand verre de thé glacé, conduire sur des routes droites pendant des kilomètres, avec une grosse voiture automatique. Avec mon entrée au lycée, les discussions autour d'un possible retour au pays ont été incessantes. Mon père avait mis dans la balance Omala, sa grand-mère centenaire qui l'avait élevé et que nous aimions tant.

Avec le départ d'Omala, ma mère pensait que nous retournerions vivre aux États-Unis par le premier avion disponible. « *Il faut emmener Célestine loin d'ici, dans les bonnes universités et le monde moderne* » a-t-elle argumenté. Pour le bien de la grande, donc. Cependant, après les discussions chez le notaire et cet héritage inattendu, mon père voit l'opportunité de refaire sa vie en Alsace, dans le pays de son enfance. Ma mère, traductrice français-anglais, travaille depuis la maison. Mon père pensait qu'elle voudrait rester, que son charme suffirait, comme il avait suffi après l'été de leur rencontre, vingt ans auparavant. Après une semaine de discussions houleuses, ma mère vient de repartir pour Marseille. Elle nous dit que c'est parce qu'elle a besoin de réfléchir, de réfléchir seule. Elle a voulu que je vienne, puis devant mon insistance pour rester, elle s'est offusquée et à présent refuse presque de me parler. Je crois qu'elle se disait qu'il ne me restait plus que deux ans de lycée avant d'aller à l'Université, que bientôt elle pourrait rentrer chez elle. Elle veut prendre la décision qui lui convient le mieux, à elle, elle seule. Ce que je respecte bien entendu. Enfin, que je voudrais respecter. Parce que je lui en veux terriblement : quelle mère quitterait ainsi sa progéniture ?

Nous nous sommes retrouvés ainsi seuls, mon père et moi, dans la chaumière. Nous avons des personnalités similaires et nous entendons bien. Il me laisse la liberté dont j'ai besoin, je ne l'embête pas de ce qu'il jugerait des futilités féminines. Il passe donc son été à bricoler dans la maison et à regarder du sport à la télévision, pendant que j'en profite pour découvrir les alentours. Il m'est difficile de rester dans la maison, trop de choses se bousculent dans ma tête. Je pars chaque matin courir, puis je m'occupe du jardin. L'après-midi, je prends mon vélo et me promène dans les vignobles. Je passe devant un château à la lisière de la forêt. J'imagine qu'il appartient aux propriétaires des vignes qui l'entourent. Au-delà du château, la route grimpe sur un dénivelé de cinq pourcents que je suis bien incapable de monter. Après ce que mon père appelle « le petit raidillon », on peut prendre un chemin de terre qui mène à la forêt d'Omala.

Ce matin, j'ai pris mon courage à deux mains et poussé de toutes mes forces sur les pédales. Je voulais voir la forêt. Mon cerveau repasse en boucle mes moments d'enfance. J'y cherche des indices qui expliqueraient la disparition subite de mon arrière-grand-mère. J'ai décidé que l'hypothèse la plus plausible se trouve dans un mélange de sorcellerie et de science, quelque chose qui satisfasse ma logique et mon imaginaire. Ce matin, donc, j'ai transformé mon incompréhension et ma colère en mouvement de jambes, et pour la première fois je suis arrivée en haut de la côte. A l'entrée de MA forêt, je suis descendue de mon vélo de ville, dont je pensais qu'il s'enfoncerait dans la terre et les feuilles qui recouvraient la route. Il y avait de grosses traces de pneumatiques de camions, probablement transportant le bois de la scierie. Le chemin ne menait pas très loin. Une centaine de mètres plus loin, une grosse baraque de bois chantait le son suraigu du mouvement des lames sur les troncs. Des planches étaient empilées d'un côté. Par une fenêtre, j'ai aperçu deux hommes qui travaillaient. Je suis passée discrètement le long de la cabane, et j'ai couru jusqu'à entrer dans le cœur de la forêt. Bientôt, je n'ai plus entendu le bruit des scies métalliques. Comme je m'enfonçais de plus en plus entre les chênes, les hêtres et les sapins, j'ai ressenti comme un vrombissement du sol. Je me suis senti guidée, comme si je devais être là et que quelqu'un, quelque chose, m'attendait. Je me suis arrêtée et j'ai respiré à pleins poumons. Une énergie surréelle m'a traversé et cela m'a terrifié. J'ai rouvert les yeux, et je me suis rendue compte que je m'étais perdue. J'ai sorti mon téléphone de ma poche, mais il ne captait rien. Je savais que, pour sortir de la forêt, je devais redescendre vers les vignobles. J'ai donc descendu la pente, un bras en l'air comme si cela pouvait aider mon téléphone à redevenir fonctionnel, et ce faisant, j'ai glissé sur le sol recouvert d'humus, m'agrippant aux arbres pour ne pas tomber avec mon autre bras. Bancale. Aucun chemin ne semblait se profiler. J'ai fini par déraper et dévaler la colline sur le dos, me protégeant le visage de mes bras, heurtant racines et cailloux. Puis, un choc violent a perforé mes jambes puis mes épaules. Ma chute avait cessé mais des douleurs plus ou moins violentes me parcouraient. Mes trop grandes jambes me semblaient avoir heurté l'intégralité des arbres de la forêt et devaient être couvertes d'hématomes, mais rien ne me semblait cassé. J'ai vérifié que je pouvais bouger mes orteils et me suis redressée péniblement. Une palissade avait stoppé ma chute. J'avais terriblement mal à l'un de mes coudes, mais je pouvais marcher. Je pris mon téléphone. Son écran était fendu du part en part mais, cette fois, il put me localiser à proximité du château. J'ai longé la palissade un moment, dans l'espoir de retrouver la route par laquelle j'étais arrivée, probablement en contre-bas de l'horrible raidillon dont les muscles de mes cuisses se souvenaient encore, malgré ce que je pouvais ressentir d'ecchymoses et d'égratignures après ma chute. Soudain, j'ai aperçu une porte dont l'encadrement de grosses pierres semblait antique. Bien que fermée d'une grosse chaîne, le bois vermoulu recouvert de lierre était complètement pourri et une petite tape insignifiante du pied me permit de défoncer les planches pour ouvrir un passage, étroit mais suffisant pour que je puisse y pénétrer, juste pour jeter un œil. Mais ce n'était que plus de forêt, de grosses pierres et d'humus, jusqu'au château lui-même, encastré dans la nature.

Il était en très mauvais état, ce château, mais les tuiles de ses tours, multicolores et dépassant les plus hauts arbres, lui donnaient un aspect de superbe. Je me demandais en quel matériau elles étaient faites, c'est alors que je me suis rendue compte que quelqu'un était perché sur une des tours. Elle était pointue et exigüe, couverte de vigne vierge et de capucines sauvages, ce qui lui donnait un aspect enchanteur. Je me suis inquiétée que l'individu ne tombe. Je me suis approchée dans l'idée de venir à la rescousse du malheureux, au cas où il s'écraserait à terre. A tout bien réfléchir, la tour culminant à une dizaine de mètres au-dessus de ma tête, si l'homme était tombé, j'aurais été bien inutile. Je m'apprêtais à lui crier de faire attention quand je l'ai perdu de vue. Inquiète, j'ai couru pour faire le tour, me demandant si cela était un suicide ou juste un accident, mais dieu merci, aucun signe d'un cadavre au sol.

« *Bonjour Mademoiselle.* » Je me suis retournée, surprise. C'était l'homme du toit, je le reconnus aux vêtements qu'il portait, un T-shirt blanc et un jean gris. Il est à peine plus âgé que moi, a des cheveux auburn épais, n'est pas très bien rasé. Ses yeux sont si sombres, qu'on ne peut distinguer les pupilles des iris. Je n'ai pas compris par où il avait pu arriver, mais je me suis sentie rassurée qu'il soit entier. Soudain, une angoisse m'a traversée : je n'étais absolument pas supposée entrer sur cette propriété privée. J'ai balbutié quelques mots, tentant de trouver une excuse.

« *Bonjour, je suis Célestine. J'ai eu peur que vous ne tombiez. Euh... Je suis votre voisine en fait. Mais euh, la palissade est en mauvais état. Très mauvais, hein ... D'ailleurs, c'est que j'en suis passé au travers, de la palissade...* »

Il m'a dévisagé, j'ai baissé les yeux et j'ai réalisé l'état misérable dans lequel j'étais, de mes genoux boueux et lacérés par les branches d'arbres, de ma jupe déchirée à la limite de la décence, de mes cheveux dans lesquels un oiseau aurait pu faire son nid.

« Venez avec moi, m'a-t-il répondu froidement, *il faut soigner vos blessures.* »

Il m'a tourné le dos pour me guider, sans un regard, vers l'intérieur du château, froid, délabré et vide, tout juste quelques meubles fonctionnels, une table, trois chaises, une vieille lampe de bureau sur une étagère en bois sur laquelle sont disposés de nombreux livres d'éditions anciennes. Nous n'avons presque plus parlé. Il m'a fait m'asseoir sur l'une des chaises puis a disparu quelques minutes avant de revenir avec du coton hydrophile et une bouteille d'alcool camphré. Il a désinfecté chacune de mes coupures avec calme, sans mot dire.

« *Que faisiez-vous sur votre toit ?* » lui ai-je demandé. « *C'est dangereux, vous auriez pu glisser.* » Il m'a regardé de la façon la plus condescendante qui soit. « *Plus dangereux qu'une balade en forêt ?* » Évidemment, quelle sotte. Certainement, j'avais l'air misérable et ma balade en forêt aurait pu beaucoup plus mal se terminer. Quand il a eu fini, il a disparu à nouveau puis est revenu quelques minutes plus tard avec un verre d'eau et une couverture de laine épaisse. « *Je vais vous raccompagner chez vous. Mademoiselle Walder, c'est bien cela ?* » J'ai acquiescé d'un signe de tête. Nous sommes dans un petit village, et bien entendu, tout le Monde doit se

connaitre. Et bien que le type du toit soit glacial avec moi, je me sens inexplicablement en confiance. Quand j'ai eu fini mon verre et posé sur l'étagère, il s'est relevé comme un pic.
« *On y va jeune-fille, je vous ramène chez votre grand-mère.*
- *Elle est morte.* »
En réponse, il m'a souri. Qui sourirait à un tel commentaire ? Déjà, il trifouillait ses clefs de voiture, comme pour me dire qu'il était temps d'y aller. Ne lâchant plus la couverture, je suis montée avec lui dans un vieux 4x4 gris. La route n'a pris que quelques minutes. Il m'a déposé devant l'allée qui mène à la chaumière. Je l'ai remercié chaudement. Il a filé immédiatement, ses pneumatiques crissant sur le gravier.

Mon père est sorti de la maison. Il faisait déjà nuit, il avait dû s'inquiéter. Il a accouru vers moi. « *Mon Dieu, Célestine, mais où étais-tu donc passée ? J'étais à deux doigts d'appeler la gendarmerie ! En passant* à *la scierie, j'ai vu ton vélo, mais aucune trace de toi ! Célestine, enfin ! Mais dans quel état es-tu ? Ma petite chérie, mon Dieu, s'il t'était arrivé quoi que ce soit…* » Il m'a serré fort dans ses bras, et bien qu'il m'empêchait de respirer et qu'il appuyait sur mes divers bleus, cela m'a fait un bien fou.
« *Je me suis perdue dans la forêt.* » ai-je murmuré avant d'ajouter, d'une voix plus vive. « *Mais, notre voisin m'a aidé et m'a raccompagné.*

-Notre voisin ? Quel voisin ?

- Le propriétaire du château.

- Le château du domaine Lugos ? Mais enfin Célestine, plus personne n'y habite ! C'est une ruine depuis des siècles ! Mon Dieu, tu as dû rencontrer un squatteur...

- Mais non Papa, je te jure ! Nous devrions y aller demain pour remercier... Je ne sais pas le nom du type, mais vraiment gentil, je pense.

- Il n'était pas drogué j'espère. On ne dit rien à ta mère, n'est-ce-pas ? Cela ferait encore des histoires. Célestine, regarde ton front, tu as dû prendre un gros coup sur la tête.

- Ce ne sont que quelques bleus, je ne vais pas si mal...

- Très bien, si tu le dis. Nous irons voir cette personne qui t'a aidé, je la remercierai personnellement. Pour maintenant, tu devrais aller prendre un bon bain.

- J'y cours ! » J'ai fait une bise à mon père et j'ai filé dans la salle de bain. Devant le miroir, mon image m'a rendu le reflet d'une sauvageonne, aux cheveux collés de boue et de feuilles mortes. Une fois la terre de mon visage enlevée, je me suis rendu compte que j'étais en bien mauvais état, mon visage lui-même étant couvert de bleus et de petites coupures, la pommette enflée. Trente minutes plus tard, je me suis allongée sur mon lit, sans même avoir pris le temps de souper, et je me suis endormie instantanément.

Le lendemain, mon père devait se rendre à la scierie. Je suis partie avec lui car je tenais à remercier notre étrange voisin et je devais récupérer mon vélo. Mais, lorsque nous sommes arrivés, pas de 4x4, pas de voisin qui se promène sur son toit. Nous sommes entrés dans l'endroit même où j'avais été soignée. Ni table, ni chaise. Il ne restait qu'un livre, posé au sol. Je m'en suis approchée pour le ramasser. On y avait collé un post-it « *pour Mademoiselle Walder* ». C'était un très beau livre, très ancien, avec ce que j'imaginais être des reproductions d'enluminures du moyen-âge. La couverture était en cuir vermillon. Un incongru motif en forme de cercle, représentant peut-être un œil, se trouvait de chaque côté « *Tu devras en prendre grand soin.* » me dit mon père, qui posant sa main sur mon épaule.

- *Je ne comprends pas,* lui dis-je. *Il faut que tu m'expliques, Papa.*
- *J'aimerais bien,* dit-il calmement. *Je n'ai jamais vraiment compris ce qui se passait, mais je sais qu'il s'est toujours passé quelque chose. Omala ne pensait pas que tu sois un jour mêlée à ce schmilblick. Je lui avais fait promettre de tout t'expliquer si un jour tu devais y être confronté. Elle avait rigolé en disant que ça ne s'explique pas.*
- *Tu ne peux quand même pas ne rien savoir ?*
- *Rien, Niet, queue d'ale. Paul, peut-être ? Vois-tu, je crois que c'est une sorte de religion. Quand elle a voulu*

m'apprendre des rituels, je lui ai ri au nez. C'est pour quoi ce livre ?

- *Je ne sais pas ! Omala ne m'a jamais rien dit ! Il est vraiment magnifique ce livre, non ? Mais quel pavé !*
- *Histoires et légendes du duché au temps des Etichonides. Peut-être un livre de contes ? C'est quoi des Etichonides ? On cherchera sur l'ordinateur en rentrant, on dirait qu'il n'y a pas de réseau ici.*
- *Donc, maintenant que personne n'est capable de répondre à nos questions, tu veux savoir ?*
- *Et bien, la disparition d'Omala est le premier argument qui me fait penser que peut-être, il n'y avait pas qu'une sorte de bigoterie étrange chez ma grand-mère...* »

J'ai ensuite emmené mon Père par le chemin par lequel j'étais arrivé au château la veille. Il a constaté le trou dans la palissade. En voyant le cadenas sur la porte, il m'a montré les insignes du village et m'a dit qu'il se renseignerait pour savoir à qui le château appartenait, s'il y avait un nouveau propriétaire. Enfin, mon père a vu le morceau de colline que j'avais dévalé la veille. Me regardant, l'air sévère, il m'a proposé de rejoindre la scierie en reprenant la voiture, ce à quoi j'ai acquiescé avec enthousiasme.

Nous voici à présent rentrés à la chaumière, peu après qu'il ait discuté avec les hommes de la scierie et que nous ayons réussi à rentrer mon vélo dans le coffre de la voiture, qui a du rester ouvert le long du trajet du retour. Après un repas rapide, je prépare du thé et m'excuse pour aller lire dans ma chambre. J'admire le livre qui m'a été offert, les dessins autant que la calligraphie, la qualité du papier, les couches de peinture qu'on peut sentir lorsque l'on caresse les pages de ses doigts. Il me fait penser au livre de Kells, que nous avions vu lors d'un voyage de classe à Dublin. Une enluminure m'interpelle. Une dame avec d'immenses yeux verts me dévisage. Le dessin semble juste anachronique en comparaison de ceux des autres pages, à cause des yeux qui sont démesurés, un peu comme dans un livre de manga. « *Odile* » Elle porte un médaillon dont le disque central comporte une pierre verte. Il est entouré d'un carré et coupé d'une feuille dont les tiges fleuries entourent le tout. Ce motif me semble familier, je m'y arrête un instant, touche le livre et suit le motif de mon doigt. Puis, je me rappelle où je l'ai déjà vu, sur le collier dans l'armoire de mon Omala.

Je me précipite dans la chambre, ouvre les vieux rideaux, me sers dans le sac en toile de jute. J'en sors le magnifique pendentif en or sur une chaîne qui semble, elle, quelconque. Je n'avais pas remarqué, la fois précédente, le magnifique travail d'orfèvrerie représentant différents boutons de fleurs. Tandis que je passe le collier autour de mon cou, je me souviens de l'enveloppe à mon nom que j'avais trouvée également dans le sac de toile de jute. Il me faut quelques minutes pour me souvenir que je l'avais caché dans une de mes poches. Je me rue alors dans ma chambre et mets tout sans-dessus-dessous, puis fait le tour de la maison. Près du poêle, posé négligemment sur l'accoudoir en bois d'un radassier, se trouve mon cardigan dans lequel m'attend la lettre d'Omala. Le papier jauni de l'enveloppe me fait penser que quoi qu'il contienne, cela avait été préparé des années auparavant. J'ouvre l'enveloppe, les longues lignes manuscrites inégales gondolent sur le papier.

Je m'assois confortablement, prends quelques inspirations, et commence à lire :

« Chère Célestine,

Quand tu liras cette lettre, je ne serais plus. Tu as probablement des questions, auxquelles je n'ai malheureusement que peu de réponses. Des choses vont se passer, acceptent les telles qu'elles sont. Un don t'a été transmis. J'ai essayé de transférer mes connaissances à ton père, qui m'a gentiment prise pour une illuminée. Il faudra donc que tu parles à Paul si tu veux en savoir plus, car il n'existe pas de guilde, d'association ou de société secrète comme on en voit dans les films hollywoodiens.

Avec cette lettre, tu trouveras un médaillon dont j'ai hérité de ma grand-mère et qui se transmet de génération en génération depuis des temps bien lointains. Ma grand-mère m'a dit que nous venions d'une lignée d'Ovates. C'est une appellation ancienne qui nous vient du temps des celtes. Les ovates sont des druides avec des capacités divinatoires. Dans notre famille, il se transmet uniquement aux femmes.

Il y a trois choses essentielles dont il faudra te souvenir toute ta vie :

1/ Notre forêt nous a été transmise depuis des générations et est liée à notre don. En portant le médaillon et en t'imprégnant du pouvoir de la forêt, tu augmenteras ton pouvoir et tes capacités.

2/ Sois discrète avec ce don. Des chrétiens aux scientifiques, ils te brûleront ou t'interneront, mais ils ne pourront l'envisager. Vois donc ce qu'ils ont fait a Bergheim…

3/ Le Mont St Odile est un lieu de malédiction pour notre famille. J'avais imaginé que cela était simplement le résultat d'un conflit entre personnes comme nous et un site sacré chrétien. Je m'y suis donc rendue pensant me prouver que nulle place ne m'était interdite. Ce jour-là ton arrière-grand-père Philippe m'accompagnait. Nous sommes rentrés sur ce territoire, avons franchi le mur païen qui l'entoure. Et quelques pas plus tard, Philippe m'a pris la main, m'a regardé, et s'est écroulé au sol, le regard figé, mort et déjà froid. Le médecin légiste a conclu à une crise cardiaque, ton arrière-grand-père n'avait que vingt-neuf ans et semblait en parfaite santé. J'ai fait en sorte de protéger l'endroit et j'espère emporter avec moi les secrets qui permettraient qu'il ne le soit plus.

Ma très chère Célestine, je ne tiens pas à t'effrayer et je suis persuadée que tu réaliseras bien des choses. Prends grand soin de toi, de ton père, de notre forêt. Je peux voir que tu liras cette lettre et pourtant il me semble que tu dois découvrir les choses par toi-même. Ainsi donc, cela sera.

Je t'embrasse du plus profond de mon cœur,

Ton Omala »

III.

A l'aube, dans la torpeur du réveil, je me sens enveloppée de douceur, comme dans un édredon de soie. Les rayons du soleil filtrent à travers les rideaux, me caressent le visage. Je me sens heureuse et bénie. Je m'étire langoureusement. Peu à peu, mes pensées se dessinent et une boule se forme dans ma gorge. Mes poings serrent les draps de plus en plus fort, jusqu'à ce que je sente mes ongles dans ma chair…

J'ai énormément de mal à digérer ce qui s'est passé ce dernier mois, mon monde s'écroule, mon Omala, ma famille, mon univers. La transition est pour le moins abrupte. Je me demande si mes cauchemars étaient une sorte de prémonition, me prévenaient d'un grand chamboulement inexorable, douloureux, froid. Suis-je différente des autres ? Mon Omala était-elle juste une illuminée ? J'ai l'impression de ne plus savoir qui je suis, pas que je ne l'ai jamais su. Je suis la fille de mes parents, une copine de la bande, mais je ne suis pas sûre de qui est Célestine. Je me sens seule. Ma meilleure amie a laissé sur mon téléphone d'innombrables messages, auxquels je n'ai pas répondu parce que je ne sais pas quoi lui dire. Finalement, la seule personne qui en sait peut-être un peu plus est l'inconnu du château. Je repense au livre qu'il m'a laissé. Au dehors, le ciel est menaçant et n'incite pas à aller où que ce soit. Je me mets à lire l'histoire dans laquelle était dessiné mon médaillon. Il m'est difficile de déchiffrer la calligraphie ornementée et un mélange de vieux français, de latin et de je ne sais quoi. Je referme le livre, persuadée qu'il ne m'est pas accessible. Je pose ma main sur la couverture bien à plat. Il me semble percevoir un murmure, comme si l'on me racontait l'histoire. Surprise, je retire ma main, plus rien, le silence. Je respire profondément, ouvre le livre, pose ma main sur la page. Personne dans la pièce, pourtant je peux clairement distinguer une voix d'homme, basse mais douce. Je reconnais quelques mots, c'est effectivement une traduction. Je pense que j'aimerais recommencer au début, les pages se tournent toutes seules. Je place le livre ouvert devant moi, le murmure reprend, les pages se tournent seules, j'ai l'impression d'être une enfant à qui on fait la lecture.

« Histoires et légendes du duché au temps des Etichonides,
Premier ouvrage, rédigé par Clotaire dit du sillon, moine au Château de Hohembourg, écrit en l'an de grâce 683
De par ma vocation de moine, dans le château-maître du Duché, je me devais de transcrire les éléments passés afin qu'ils perdurent dans la belle histoire de la chrétienté.
Ainsi, nous contons l'histoire d'Aldaric, qui n'était point intéressé par les choses de la foi, mais qui naquit dans une bonne maison et qui se révéla maitre de l'esprit similaire. A Ehenheim, on le destina à un grand avenir, et il fut convenu qu'il prendrait en épousailles une sœur de la reine des Francs, Bereswinde de Bourgogne. La question de ces épousailles n'était pas des moindres car une princesse chrétienne lui était nécessaire pour se conformer aux vœux de notre bon Roi et consolider ses appuis auprès des maisons croyantes. Bereswinde se révéla extrêmement pieuse et l'union fut difficile en raison des différences culturelles et cultuelles des deux époux. En effet, les ancêtres d' Aldaric étaient issus de tous les peuples de l'Alsace : francs, alamans, celtes et romains. Il n'adhéra pas aux

profondes convictions de son épouse et perdura dans son appréciation païenne et sauvage de la vie. Après plusieurs années d'attente, l'union fut enfin prolifique : la princesse mit au Monde une première héritière qui, à défaut d'avoir les qualités mâles nécessaires pour que la lignée ne se perpétue, se révéla d'une beauté contée par tous. On la prénomma Lugda, ce qui signifie « lumière ». Enfin convaincu de la solidité de son union à la couronne, le bon roi Childeric offrit à Aldaric le Duché d'Alsace, espérant probablement protéger ainsi le territoire de potentielles invasions des différents peuples qui le convoitaient. Cependant, le Duc était inquiet. En effet, une malédiction professée des siècles auparavant, disait « la plus belle de toutes, qui avait été promise au Dieu, devra lui être retournée ou le malheur les anéantira à tout jamais ». Le Duc, qui interpréta la malédiction comme une colère du Dieu chrétien envers sa fille, décida alors d'envoyer Lugda au loin, près de la famille de Bereswinde en Bourgogne, et pour tromper Dieu, la déclara aveugle, plaçant un bandeau sur ses yeux. Ceci fut une grande discussion chez les païens, chez lesquels il est coutume d'alléger la souffrance du malhabile en lui retirant la vie, ce qui est bien entendu contraire aux commandements du très saint. Ainsi, Aldaric fit porter le blâme sur son épouse, que les païens n'appréciaient guère, non seulement pour son idolâtrie monothéique mais surtout parce qu'elle représentait en quelques sortes le royaume des francs, et ses intérêts, dans le duché d'Alsace. Il faut aussi expliquer que l'enfant était née avec les yeux du vert le plus pur et le plus clair, ce que j'ai de par ma personne pu apprécier quand l'enfant eut grandi. Il est compréhensible de vouloir cacher telle beauté chez une jeune personne, pour qu'elle ne soit pas tourmentée. Il ne sembla pas qu'Aldaric ait compris que le Dieu unique est bienfaiteur et profondément grand, et que les prophéties païennes ne sauraient atteindre ceux qui sont sous sa protection. Au contraire, effrayé, Aldaric refusa qu'elle soit baptisée, la confiant ainsi aux mains du démon.

Ainsi, Odile fut élevée loin de ses parents dans un couvent de Bourgogne où l'avait placé la pieuse Bereswinde. Malheureux de l'absence de sa fille, le couple ducal se rapprocha enfin et eut une large descendance, dont le plus jeune fils Hugon - dit le hâtif - qui bien que destiné par son rang de naissance à la vie monacale pour porter la voix de notre Seigneur, était connu pour sa turbulence et ses facéties. Pour leurs enfants, le Duc et Bereswinde firent construire le Château de Hohembourg, à seulement quelques heures de cheval de leur résidence d'Ehenheim. Aldaric pensa qu'il y serait protégé du Dieu chrétien par les dieux païens, car un mur, que les druides avaient construit pour marquer les courants d'Energie, contournait la montagne comme une enceinte. Pour consolider le mur, le Duc dépensa en sous d'or une somme insensée. Il fit construire une muraille gigantesque de plus de 5 mètres de haut par endroit et sur près de dix kilomètres. C'est alors que les grondements du sol commencèrent.

Bereswinde redoutait la colère de notre Dieu, bien qu'elle le sache miséricordieux. En cachette, dans les soubassements du château, bien que ce ne soit point là, la place d'une dame, elle priait. Elle m'avouerait plus tard que le sol murmurait le prénom de sa fille. Ainsi, rendit-elle finalement visite à Lugda avec ses fils. Elle fut émerveillée par la beauté, la candeur et l'empathie de sa fille. Celle-ci lui raconta comment se passait sa vie dans le monastère où elle grandissait, avec quelle fierté elle aidait les gueux, les malades, les orphelins. Aussi, Lugda lui dit qu'elle avait à plusieurs reprises rencontré un ange et que celui-ci avait un matin été accompagné d'un prêtre qui l'avait baptisé et renommé Odile, « lumière de Dieu ». Bereswinde en conclut que son Dieu la protégeait. Alors elle retourna au château aux murailles pour demander le retour d'Odile. Aldaric refusa, ayant peur de perdre le soutien des païens, ce qui briserait ses atouts auprès du roi. Cependant, ses fils, forts de leurs jeunes années, se décidèrent à aller chercher Odile pour la ramener en ses terres. En voyant sa fille et son inqualifiable beauté et piété en Christ roi, et de quelle façon ses fils lui avaient désobéi, le Duc devint fou. Il menaça son épouse de son épée. Le jeune Hugon s'interposa pour protéger sa mère et, par erreur et maladresse, il fut transpercé en plein cœur. Alors, le Duc crut que la malédiction s'était accomplie et il se pensa défait face à ses dieux païens. Odile s'enfuit hors de la forêt, hors de la muraille, hors d'Alsace. Son père, pris de remords, essaya de la rattraper, mais en vain. On dit qu'elle s'envola au-delà des montagnes pour lui échapper. Le roi punît Aldaric de son comportement point digne d'un homme représentant Dieu et les francs et l'envoya guerroyer. De retour, bien des années plus tard, ses fils avaient grandi, le roi l'avait dépossédé d'une partie de ses terres et il tomba rapidement malade. Alors Odile réapparut pour s'occuper de son père. Afin de lever la malédiction, il demanda à sa fille de se consacrer à Dieu et d'utiliser le château aux murailles pour aider ceux qui en avaient besoin. Odile lui répondit que c'était ce que son cœur lui murmurait depuis toujours. »

Sur la dernière page de la légende, une illustration représente un ange perché sur la tour d'une muraille, regardant dans la direction d'un château. Les peintures du livres sont tellement riches, détaillées, somptueuses, et je les scrute les unes après les autres. La scène de la mort d'Aldaric occupe une double page. A droite, les fils sont tous agenouillés au bord du lit de leur père, tandis qu'Odile se tient debout. Au centre, une grande fenêtre s'ouvre sur une vue nocturne des Vosges, avec au loin un village. Une chouette effraie, semblable à celle qui m'avait guidée au Taennchel, observe la scène de ses grands yeux noirs. Sur la page de gauche, une femme, probablement Bereswinde, est assise dans un fauteuil, à distance des autres. Elle me fait penser à ma mère, qui est partie vivre loin. Probablement, on a voulu dépeindre sa colère vis-à-vis d'Aldaric, de l'avoir privée de sa fille, d'avoir tué son fils, d'être parti alors qu'elle avait besoin de lui pour faire son deuil, de l'avoir abandonné seule avec ses fils, de n'avoir pas su protéger sa famille des guerres de pouvoir au-delà des

Vosges, de n'avoir pas su préserver leur patrimoine pour leurs fils et de n'être rentré que pour mourir dans son lit. J'imagine la colère de ma mère vis-à-vis de mon père, les promesses non tenues, l'ultimatum, le sentiment que c'est elle qui a été abandonnée. Bereswinde est représentée telle la vierge Marie, avec un voile blanc sur la tête et une longue robe bleu pale. Bien sûr, puisque c'est un moine chrétien qui a écrit ce livre. L'avait-il décoré lui-même également ? Il me semble qu'il y avait des moines en charge d'écrire et d'autres de dessiner. Est-il possible que ce livre soit une édition originale ? Il n'y a pas de monogramme d'édition et les reliefs de l'encre et de l'or sur les pages n'ont pu être déposé de cette façon que par la main de l'homme. Comme de bien entendu, Odile arbore une longue robe blanche et dans la plupart des pages une couronne de fleurs sauvages multicolores orne une longue chevelure dorée. Des coquelicots, des lilas, des genets ; le travail est d'une minutie extravagante. Sur la dernière illustration, Odile ne porte plus sa couronne, mais un voile, comme sa mère, et sa crosse d'abbesse. L'un de ses frères a posé sa main sur le lit du Duc. Il porte mon médaillon. Sur la première page, c'était Aldaric épousant Bereswinde qui le portait. Aldaric et sa famille ont-ils réellement existé ? Mon médaillon leur avait-il donc appartenu ? Ou est-ce un motif commun de l'époque ? Ou une réplique ? Dois-je comprendre que je suis une descendante d'Aldaric, non pas d'Odile mais de l'un de ses frères ? Il me faut parler à Paul. Je passe un pantalon de jogging, attache mes cheveux un peu n'importe comment et dévale les escaliers, espérant demander à mon Père comment joindre son cousin. Mais, dans le salon, mes parents sont assis face à face. Ma mère porte une belle robe légère, et s'appuie nonchalamment sur l'accoudoir du radassier. Je ne l'ai pas vu depuis près de trois semaines et la voici qui se tient face à moi, sans même un bonjour, un « hug ». Elle est juste là. Mon père est assis les pieds bien à plat, les coudes posés sur ses cuisses et les mains jointes. Je sens immédiatement un malaise. Ils se tournent vers moi, et ma mère se redresse comme un pic. Elle s'approche pour me prendre dans ses bras, mais je reste droite, hébétée, en faisant presque tomber mon livre. Mon père se lève à son tour, prend le livre de mes mains pour le poser sur une console d'appoint, me pose la main sur l'épaule comme pour me dire que tout va bien. Je ne peux m'empêcher de lui dire, d'une voix faible mais parfaitement audible *:« Je voudrais discuter avec Paul quand ce sera possible...*

- *Comment as-tu trouvé le livre ?* demande-t-il. Sa voix chevrote. Je ne pense pas qu'il s'intéresse vraiment à mon gros pavé du moyen-âge. De mon côté, je devais vraiment être concentrée en lisant puisque je ne me suis pas rendue compte de ce qui se trâmait à l'étage du dessous.

- *Très intéressant à vrai dire. A en perdre le fil de ce qui se passe. Hi Mum, by the way.* » Je me tourne vers ma mère et ajoute « *Un livre d'histoire de la région, prêté par un voisin. Tu es arrivée il y a longtemps ? Tu restes ? Tu t'en vas ? Tu fais quoi ?*

- *Tu recommences le lycée dans moins d'un mois. Ton père et moi...*

Mon père tousse, sa face est écarlate. Ma mère s'arrête quelques secondes, lui lance un regard indigné, puis, visiblement irritée reprend, la voix placée une octave plus haut qu'à l'accoutumée.

- *Ton père et moi avons décidé que toi et moi redescendrions à Marseille pour ta rentrée en terminale. C'est une année importante, nous ne pensons pas que changer d'environnement soit une bonne idée. Ton père nous rejoindra dès que possible et par la suite il fera des allers-retours jusqu'à la fin de l'année scolaire.* »

Waouh, elle sait donc parler français quand elle veut.

Je virevolte vers mon père et lui lance un regard des plus noirs. « *Non, mais ça ne va pas ? Non, non, non ! C'est hors de question ! Je suis sûre qu'il y a des lycées très bien dans le coin ! Obernai, c'est bien ça Obernai, non ? C'est une grande ville, il doit bien y avoir un lycée !* »

Je pense que ma mère ne s'attendait pas à cela, que je veuille rester, que je sois prête à bouleverser ma vie, séparée de mes amis et de mon quotidien. Et tous ces changements ne m'amusent pas le moins du monde… Mais je dois avoir le fin mot de l'histoire, comprendre pourquoi mon Omala a disparu, qui je suis, ce que l'on attend de moi, quelles sont mes possibilités. Et là, tout de suite, il me faut parler à Paul.

« *Papa, pourrais-tu me donner l'adresse de Paul. J'aimerais passer le voir, maintenant que j'ai récupéré mon vélo.* » Mon Père ouvre le vieux secrétaire de bois peint et griffonne sur un post-it.

« *Non, tu feras ce que je te dis. Je suis encore ta mère, que je sache, tu me dois respect et obéissance ! Il faut que tu partes d'ici !* » s'époumone ma mère. Cependant, dans son effort, elle est déjà à bout de souffle. Lui faisant une révérence des plus insolentes, je lui réponds avec douceur. « *Sweet darling mother, je ne retournerai pas au lycée à Marseille cette année, mais nous en parlerons ce soir. Dois-je supposer que vous resterez en notre compagnie au moins pour la nuit ? Car il me semble que je rentrerai tard, bien après que le Soleil, pudique, ne se soit voilé d'un drap de nuit.* » Mon père repousse ses lunettes sur son nez, sa main devant la bouche tentant de cacher un sourire moqueur. Je prends à toute vitesse un sac dans lequel je glisse mon livre et l'adresse de Paul que mon père vient de griffonner. Je mets mes écouteurs dans mes oreilles, fais mine d'être préoccupée par ma musique, et pars, en laissant la porte entrouverte, pour pouvoir les espionner. Évidemment ma mère est furieuse et mon père abonde dans mon sens. Il lui demande de rester. Alors je vois par la fenêtre qu'elle se rassied sur le fauteuil, me faisant penser à Bereswinde sur l'illustration de mon livre. Je brûle de parler à Paul, mais aussi à l'inconnu du château, qui a certainement des réponses à mes questions. En regardant mon itinéraire sur mon téléphone portable, je vois que le cousin Paul n'habite pas très loin de notre forêt, et il m'est tout à fait possible de faire un détour. J'espère juste que le ciel menaçant ne s'ouvrira pas sur ma tête. Ce doit être de mauvaises ondes transmises par ma mère.

Je pars à travers les vignobles et tandis que je me dirige vers la maison de Paul, quelques gouttes de pluie me rafraichissent le visage. Soudain, le ciel s'ouvre en deux et des trombes d'eau s'abattent sur mon vélo et moi. En face, je peux apercevoir le château et sur un coup de tête, je m'y dirige en premier. Tandis que j'entre sur le chemin de terre qui conduit aux portes, j'entends un coup de tonnerre terrible qui me glace le sang. Il doit être tout proche. Je compte machinalement le nombre de secondes entre le son et la lumière zébrée dans le ciel. Deux secondes, moins d'un kilomètre, je dois me mettre à l'abri. Je vois une lumière émerger de la tour où l'inconnu m'avait soigné. Je pédale à toute pompe, et me jette sur la porte que je tambourine de toutes mes forces. L'inconnu m'ouvre. Il me tend une couverture, comme s'il s'était préparé à mon arrivée mouillée. Il m'invite à m'installer près du poêle.

Cette fois-ci, il y a deux tapis anciens sur le sol et des coussins de velours sur lesquels je m'assois en tailleur.

« *J'ai lu votre livre !* » lui dis-je avec enthousiasme. Il me sourit mais reste silencieux. Je sors le livre de mon sac, par chance il n'a pas pris l'eau. Je lui tends l'imposant tome, mais plutôt que de le prendre, l'inconnu attrape mon médaillon, le soulève, puis le repose contre ma poitrine. Je sens mon rythme cardiaque accélérer. Il me faut briser le silence. « *Mon père voulait vous remercier hier, mais vous n'étiez pas là.*

\- *Mademoiselle Walder, votre père devrait mieux veiller sur vous. La dernière fois une chute dans la forêt, cette fois-ci vous sortez pendant l'orage. Ne sentez-vous donc pas les énergies ? Ne savez-vous donc pas les dompter ? Car vous êtes ce que vous êtes, il est important que vous sachiez ces choses !*

\- *Justement, je ne sais pas qui je suis !* » Il prend ma main et mon médaillon et les pose contre mon cœur. Le temps s'arrête, je me sens transpercée d'énergie. Quand je reprends mes esprits, je suis toujours dans la même position, je sens son odeur, je me rends compte que je n'ai pas la volonté de me détacher de cet homme, dont je ne connais même pas le nom. Je m'empourpre et ma raison me somme d'arrêter mes bêtises, de me contrôler… J'envoie toute cette énergie vers la terre, je la sens perfuser mes jambes puis se dissiper dans le sol dont je jurerai qu'il vrombie. L'espace d'un instant, je jurerai que les tapis, et le carrelage en dessous, se sont soulevés et avec eux la terre et mon propre corps. Je me redresse d'un coup.

- *Qui êtes-vous ? Mon père dit que vous êtes probablement un squatteur, mais je ne le crois pas.*
- *Vous pouvez m'appeler Louis. J'habite ici et ailleurs. Je ne venais plus ici, j'avais oublié la beauté des lieux. Je suppose que cet intérieur manque encore d'aménagement.* »

Il ramasse le livre qui était tombé sur le sol et le range parmi d'autres. Puis, il s'assied près de moi, étendant ses jambes sur les tapis. Je sens une douceur m'envahir et, sans même m'en rendre compte, je m'endors. Il me semble que je flotte, au-dessus du château, puis de ma forêt. Louis me tend la main pour me guider. Nous atterrissons près d'une grosse pierre moussue. Louis prend ma main et la pose sur une marque gravée presque effacée dans la roche. La roche devient brûlante et, entrant en fusion, elle aspire d'abord ma main, puis mon bras tout entier. Je hurle de douleur. Louis maintient toujours ma main dans ce magma gris-vert luminescent. Il ne me lâche pas du regard. Il me dit que je suis la gardienne, que je dois protéger la forêt, qu'il n'a pas le droit d'être là, qu'il ne peut m'aider sans perturber l'équilibre des éléments, que je dois prendre la boîte et suivre ma mère, que je suis en danger. Ma main heurte quelque chose de dur, que je sors de la pierre. Une vieille boîte en métal. Louis me fait un signe de tête puis disparait. Je me réveille en sursaut, je n'ai pas l'impression d'avoir rêvé, ce cauchemar semblait si réel. Ma main est en parfait état. Je cherche Louis, mais il n'est nulle part dans le château. Je me rends compte que j'ai dormi presque deux heures, peut-être n'a-t-il pas osé me réveiller. Il y a d'autres livres anciens sur une étagère, mais je n'ose pas les toucher sans permission. Il est tard et je dois toujours me rendre chez le cousin Paul. J'appelle plusieurs fois Louis, mais personne ne répond. Sur un reste de ticket de caisse du fond de mon sac, j'écris « *Merci !* ». Je le pose bien en évidence sur l'étagère mais, au premier mouvement, il s'envole. Il faudra que je le coince avec quelque chose, je ne sais pas encore quoi car il n'y a vraiment pas grand-chose dans ce château. C'est en ramassant ce petit morceau de papier que je vois la boîte en métal sur le tapis. Je panique. Je sais que je dois la prendre, je ne sais pas pourquoi. J'essaie de me rappeler de ce rêve. En était-ce réellement un ? Ma mémoire s'efface, je ne me souviens que de bribe. J'appelle Louis encore plus fort. « *Je ne peux pas t'aider sans perturber l'équilibre des éléments.* » Que voulait-il dire ? Ses paroles résonnent dans mon crâne. Je fourre dans mon sac la boîte en métal, qui évidemment est fermée à clef. Un dernier coup d'œil circulaire des fois que… Mais non, pas de Louis en vue. Je sors penaude du château, toujours avec l'idée de tirer les vers du nez du cousin Paul. Il s'est arrêté de pleuvoir et un magnifique arc-en-ciel s'étale à l'horizon. Tandis que je récupère mon vélo, une chouette se pose à proximité, sur une grosse pierre qui délimite le chemin vers la sortie. Elle semble m'observer. « *Tu diras aurevoir à Louis de ma part* ». Elle secoue sa tête, comme pour acquiescer, puis s'envole, dans un nuage de plumes blanches.

IV.

Paul n'habite pas une maison, il habite une tanière. Pourtant, cette tanière est tout à fait intégrée dans un charmant petit village aux balcons décorés de géraniums. Son balcon à lui ne l'est pas. Au milieu des maisons colorées, à colombages et chapeautées de nids de cigognes, une des maisons sort de l'ordinaire. Blanche, étriquée entre une maison rouge et une jaune, à peine plus large que sa porte d'entrée, mais plus haute que les autres et avec un toit biscornu qui fait l'effet d'un chapeau de sorcière, on la repère immédiatement. A l'étage, un des volets n'est plus fixé que par une unique charnière. Sur les murs, la peinture craquelle de partout. Sur la pierre, au-dessous de la porte, on distingue avec un peu d'attention un cœur à la pointe effacée, puis 5118. Je ne pense pas que ce soit le numéro de rue, le village étant minuscule. Puis une autre inscription gravée, je décode péniblement « Apotöckers », c'est-à-dire apothicaire en gothique, je suppose. J'observe également une sorte de demi-cercle et une plume. Cette maison doit réellement être très ancienne. Pas de sonnette, je tambourine à la porte mais pas de réponse. Je m'assoie donc sur une borne anti-stationnement, et j'attends que Paul rentre chez lui. Mon père n'a pas pensé à inscrire le numéro de téléphone de Paul, sur son post-it riquiqui. J'ai trop de questions pour rebrousser chemin et rentrer sagement chez moi. De toutes façons, avec ce qui m'y attend… Je n'ai pas la moindre envie de servir de balle de ping-pong entre mes parents, qu'ils se débrouillent sans moi. Je repense à ce qu'il s'est passé au château et je suis terrifiée à l'idée de me rendormir, bien que je me sente épuisée depuis cet épisode et que je ne puisse m'arrêter de bâiller. Vingt minutes plus tard, un cousin quelque peu éméché se plante devant moi. Il porte un gilet sans manche avec des poils de je ne sais quoi éparses. Il se rend compte de mon regard fixe et inquiet face à son accoutrement « *De la peau de sanglier sauvage. Du vrai! Dis-toi que j'ai choisi mon camp entre les jumeaux…*

- *Hein ?*
- *Les dieux jumeaux celtes ? Omala ne t'a jamais raconté l'histoire ? Ni ton père ?*
- *Je n'ai pas la moindre idée de ce dont tu parles.*

- *Ben, c'est une sorte de Romulus et Remus celte. Des dieux jumeaux, l'un pour la lumière et le ciel, l'autre pour la forêt et la terre. Évidemment, ils ne s'entendent pas. Celui de la forêt protège les sangliers et n'aime pas les hommes qui les chassent, celui de la lumière aime la compagnie des humains et manger du sanglier. Et à un moment, ils s'affrontent et la forêt explose, et c'est ainsi que serait née la plaine d'Alsace. Le Dieu de la forêt part bouder et le dieu du ciel demande aux hommes de prendre soin de la nature et, pour les aider, baigne la plaine d'Alsace de soleil. C'est ainsi que le raisin se mit à pousser sur les coteaux et les myrtilles et les fraises des bois à recouvrir les sols des Vosges. Et c'est maintenant qu'Omala te dirait qu'il faut donc prendre soin de la forêt, car sinon, le méchant Dieu jumeau pourrait revenir et tous nous massacrer... Une belle histoire de croque-mitaine. Je trouve plus mes clefs, moi...*
- *Ah oui, je me souviens maintenant. L'histoire du Dieu végan !»*

A ma remarque, Paul éclate d'un rire franc. Omala racontait tant d'histoires pour m'aider à m'endormir, mais celle du Dieu végan était la plus terrifiante, ex-aequo avec celle d'Hansel et Gretel.

Paul finit par trouver ses clefs et ouvrir la porte. L'intérieur est sombre et les éclairages à économie d'énergie mettent du temps à rétablir la lumière. Dans l'entrée, quelques crochets, sur lesquels Paul suspend son dégoutant gilet en peau de sanglier. En tunique rouge qui lui arrive au genoux, bermuda beige, chaussettes qui montent et basket de sport bleu vif, je ne peux que me demander comment il a pu être élevé avec mon père, par la même Omala. Ceci étant dit, il m'amuse. J'aimerai oser sortir du lot, ne pas me sentir gêner par les regards. J'aimerais oser porter un gilet hideux en peau de sanglier, si j'aimais les gilets hideux en peau de sanglier. Contre le mur, des carabines et une de ses besaces de chasseurs. Donc, en plus, il le connaissait, ce sanglier. Damn ! Le couloir est long et des portraits anciens, dans des cadres dorés imposants, recouvrent le mur de droite.

« *Le couloir des ancêtres, Célestine. Cette maison est dans notre famille depuis des générations. Tu en hériteras à mon trépas, pas que nous soyons pressés d'aucune sorte.*

- *Elle date de quand cette maison, elle a l'air ancien.*

- *Tu n'as pas fait attention à l'entrée ? C'est inscrit juste au-dessus de la porte, 1518. Ou plutôt un M pour mille et après un 5 puis un 1 pour le cent puis 18. En général, les gens voient surtout un 5118. C'est un de nos ancêtres apothicaire qui l'a faite construire. Euh, attends, suis-moi. Ici, les voilà. Adelfried et Frau Olinda Fuchs.* »

Paul se plante devant le portrait ancien d'un homme chapeauté dont j'avais hérité mes grandes oreilles et d'une dame au col montant et coiffée d'un bonnet noir.

« - *Ce devait être une époque austère, ces vêtements noirs, ce manque de fioritures sur le portrait. On dirait une madone de De Vinci qui fait la gueule.*

- *J'ai effectué des recherches généalogiques et je suis remonté jusqu'à eux. Il était le premier apothicaire de l'hôpital de Strasbourg. Puis, lui et sa famille sont venus s'installer ici. Tiens regarde, c'est assez incroyable.* » Il presse le cadre sur un motif de marquèterie représentant le bourgeon d'une fleur. Un compartiment secret s'ouvre et il tire un petit morceau de papier, qu'il dépiaute avec attention de ses gros doigts boudinés. C'est écrit en alphabet gothique et il m'est impossible de le lire. Je me concentre, en me demandant s'il est possible que le murmure, que j'avais entendu quand j'avais lu le gros livre donné par Louis, puisse une nouvelle fois m'aider. Après quelques inspirations, je sens une énergie venant du sol me pénétrer et le murmure dans ma tête reprend. Cette fois-ci, le son de la voix est grave et interrompu de toussotements. Est-il possible que ce murmure soit la pensée de celui qui écrit ? Je perds le fil, maintenir sa concentration… Ainsi Adelfried écrit une note à ses descendants, s'excuse des troubles de l'année, explique qu'il n'a pas su protéger sa fille, qu'elle est morte du terrible mal que le démon leur a infligé, à elle et à tant d'autres. Il dit qu'il est parti avec ceux qui avaient survécu, qu'il a créé un antidote pour le neutraliser.

« *C'est du vieux gothique. C'est parce qu'à l'époque, l'Alsace faisait partie du Saint empire romain germanique. Bon, je ne sais pas lire ce truc, je me doute que toi non plus. Mais c'est formidable de trouver ça, une vieille note griffonnée au seizième siècle dans une cache. Ce que j'en sais c'est que nos ancêtres se sont installés dans cette maison l'année de l'épidémie de folie dansante. C'est quand même une sacrée coïncidence, non ?*

- *Une épidémie de folie dansante ? What the...*

- *De Strasbourg, justement. Figure-toi qu'une jeune fille ce serait mise à danser sans pouvoir s'arrêter, puis toute la ville s'y est mise. Les gens sont morts d'épuisement.*

- *Tu rigoles, là ?*

- *Non, pas du tout ! Tu peux même le chercher sur internet. C'est documenté dans les archives de la ville et ça a fichu une sacrée panique. Ils ont même fait venir des orchestres pour accompagner les danseurs. Et j'imagine que ça a dû avoir un impact sur notre ancêtre apothicaire. Les apothicaires, au seizième siècle, on les considérait un peu comme des sorciers. Tu imagines, avec les croyances de l'époque, le pauvre homme devait être terrorisé de mourir brûlé sur le bûcher. Après, tu peux bien l'excuser de ne pas être souriant sur son portrait...* »

Paul me guide hors du corridor. Nous arrivons sur une porte rouge en bois, assez petite et exiguë. Il faut que nous nous baissions de presque trente centimètres pour ne pas nous cogner la tête. Je m'amuse de voir mon imposant cousin se tortiller machinalement pour la traverser. De l'autre côté, c'est alors merveilleux. Une gigantesque véranda de verre est rattachée immédiatement à la maison. A l'intérieur, des plantes, des arbres, des fleurs et des papillons. Il y fait frais, pas du tout d'effet de serre car l'imposante végétation recouvre presque totalement la verrière. Pourtant, la lumière filtre toujours entre les feuilles et les branchages. C'est sûrement le plus bel endroit que j'ai jamais vu. Au milieu, se trouve une petite fontaine, recouverte de papillons qui se désaltèrent. Paul m'indique une chaise de métal forgé et je m'y assois. Mon regard se perd de partout, le toit de feuilles, des bananiers peut-être, des fleurs d'eucalyptus rouges flamboyantes, des orchidées de toutes tailles et de toutes couleurs, ici du jasmin, là des fraises, cachée derrière des rhododendrons, une cane qui couve, venant de nulle part, une couverture en soie sauvage posée près d'un métier à tisser, un stupéfiant coquillage débordant de baies sauvages, un grand miroir rococo au cadre doré, un hamac, une bonbonnière en verre garnie de perles, de joyaux et de berlingots emballés, une photo d'Omala posée sur une petite table, une cage d'oiseau en métal blanc et à la porte ouverte, trois, quatre non cinq colibris bleutés qui aspirent le nectar de fleurs immenses.

« *Bienvenue chez moi.*

-Oh Paul, c'est vraiment magnifique !

- C'est chouette, hein ? Moi, j'aime dormir à la belle étoile. Alors, plutôt que de dormir à l'étage, j'ai fait aménager ça, et l'étage, ça me sert de débarras. Bon, par contre, les toilettes c'est toujours dans une cabane au fond du jardin. Je te sers à boire ?

- Oui, volontiers. » Il sort d'un coffre une théière argentée qu'il remplit à la fontaine. Puis, il prend quelques feuilles sur divers arbres, les déchire et les met dans la théière. Enfin, il pose deux grosses pierres plates, une verte striée de métal, peut-être du jade, et une autre plus sombre et aux contours grumeleux. Il les place l'une sur l'autre et la théière par-dessus. Devant mon air interloqué, il se marre.

« *Toi, tu veux des réponses, hein ? Et ben, elle est là, ma réponse. Moi, je ne sais pas faire, j'ai une petite plaque électrique. Mais Omala, elle, elle savait. Je voulais apprendre, mais ça ne marche pas. Qu'est-ce que ce serait pratique ! Et puis économique aussi, parce qu'être le rebouteux d'un petit village, ça ne nourrit pas franchement son homme. Si tu es là aujourd'hui, ce n'est pas par hasard. Hé, fin psychologue le Paul, pas vrai ?*

- *Je…*

- *Allez, va. Je me doute bien que tu ne viens pas me voir pour faire des politesses ou pour le plaisir de ma compagnie.*
- *Omala ?*
- *Ouais, on n'a pas compris nous non plus. Je me demande si elle n'était pas morte depuis longtemps mais que son esprit est resté pour nous accompagner jusqu'à ce que tu sois prête.*
- *Mais prête à quoi, bon sang !*
- *Nous préparer du thé.* »

Paul a un sourire un peu trop engageant. Comme s'il se prépare à être le témoin d'un évènement phénoménal. J'ai peur qu'il ne se leurre… Il me fixe toujours, je me lance sans trop de conviction. J'imagine qu'il faut placer ses mains de part et d'autre de cette drôle de plaque de cuisson et utiliser l'énergie du sol, comme lorsque j'étais avec Louis. Mon esprit s'arrête sur cette étrange interaction avec Louis, sur sa main contre la mienne. Je ne me souviens presque plus de ce qui s'est passé, juste de la confiance, si profonde, que j'avais en lui. Je me souviens de ses yeux qui se reflétaient dans un liquide turquoise. A nouveau, je sens une énergie monter dans mon corps depuis le sol. Je me concentre sur la pierre verte. La pierre noire change de couleur, devient cuivrée. Comme les cheveux auburn de mon cher châtelain. Ben voilà que j'ai le béguin pour Louis ; quelle idiote, je ne le connais même pas. De la vapeur s'échappe de la bouilloire. Peut-être que je devrais en parler à ma mère. Non, je ne devrais surtout pas en parler à ma mère. Comment a-t-elle osé partir et m'abandonner ? Comment a-t-elle osé revenir et ne pas immédiatement me prendre dans ses bras ? Comment a-t-elle… Le couvercle de la théière s'envole sous la pression et vient se loger dans la branche d'un arbre à curry, sauvant de peu le toit de verre. Paul regarde le couvercle, la bouche ouverte, puis me regarde. Effarée, je halète, l'énergie me quitte, je vacille, je glisse le long de ma chaise, le visage de Paul est flou, le trou noir.

« *On allait prendre un thé et paf, elle s'est évanouie.*

- *Il y avait quoi dans ton thé, Paul ?*

- *Rien de mal Jacques, je te jure. De la verveine, de la framboise, que des trucs sains, Tu me prends pour qui ?*

- *Je te confie ma fille cinq minutes et je reçois un appel en urgence qu'elle ne va pas bien. Heureusement qu'Anya était partie faire des courses, c'est suffisamment compliqué comme ça....*

- *Ce n'est pas fini, vos histoires ?*

- *Ben malheureusement, si. C'est fini. Je n'avais jamais vu Anya comme ça, elle est devenue hystérique depuis le décès d'Omala. Elle veut partir, elle veut partir avec Célestine, loin et le plus rapidement possible. C'est moche, Paul, c'est vraiment moche. Reste à discuter les histoires de garde de la petite. On a fini par se mettre d'accord pour les six mois à venir. Elle va nous détester.*

- *Heureusement, elle n'est plus si petite.*
- *Mouaich... Elle se réveille là, non ?* »

J'aurai préféré être encore bien endormie et ne pas apprendre la séparation de mes parents de cette façon. Je ne veux pas ouvrir les yeux, quand je le ferais, le retour à la réalité sera trop brutal. J'ai réussi à faire chauffer une théière en transférant de l'énergie, je n'arrive pas à y croire. Je suis si fière de moi. J'ai l'impression que pour une fois, j'ai fait quelque chose de remarquable. Paul peut sûrement m'apprendre beaucoup de choses. Fini de faire la poule-mouillée. Je me relève brusquement. Le hamac valdingue dans tous les sens. Je me sens encore engourdie, j'ai probablement un peu trop joué avec mon énergie.

« *Merci Paul pour cet excellent thé. Quand est-ce que je peux revenir ?* » Mon père a l'air plus que surpris. Paul se gratte la tête. Il est soit perplexe, soit pouilleux.

« *Eh bien, Célestine, c'est malheureusement le seul thé que je sache faire. Mais j'ai plus de vaisselle et d'appareils ménagers à l'étage, si tu veux. C'est juste que JE ne sais pas m'en servir* ». Il a accentué le « JE » à l'extrême. J'ai compris, il faudra que j'aille farfouiller.

« *Pas grave, Paul. On essaiera de voir si on peut trouver comment ça marche sans mode d'emploi. Tu aurais un peu de temps, dans les jours à venir ?*

- *Bien sûr, ne t'inquiète pas. Passe quand tu veux, je vais te donner une clef.* »

Paul farfouille dans une boîte à biscuits en métal tandis que je sors maladroitement du hamac. Mon père est étonné de cette surprenante complicité entre son cousin et moi. Paul n'a rien mentionné, ni des flux d'énergie ni de la plaque de cuisson d'Omala. Il me semble donc plus judicieux de ne pas en dire mot à mon père. Il me tend le bras pour marcher, mes jambes chancellent encore un peu et je l'agrippe fermement.

« *Ah la voilà, cette clef. Regarde Célestine, le porte-clef. Il est d'époque. Et la pierre...* » Mon père le coupe sèchement : « *Et on repart dans les délires...* » Il me suffit de dire « *Omala* » et il ferme son caquet. Paul reprend « *Donc oui, je disais, la pierre c'est aussi de la pierre de lave. Et regarde, là, le cercle de métal qui relie la clef et la pierre c'est en fait une plume comme à l'entrée de la maison.*

- *Il y a une symbolique particulière à cette plume ?*
- *Eh bien, la plume c'est notamment un des symboles d'un des Dieux jumeaux, pas le végan, l'autre, celui qui était maître du ciel et des oiseaux.*
- *Du délire, les deux, du délire...* »

Mon père est atterré. Nous sortons de la véranda et rentrons dans le sombre couloir. Nous passons devant tous ces portraits, soi-disant de nos ancêtres. Et soudain, mon père s'arrête devant le portrait de la femme qui semble la plus triste au Monde. Sur ses genoux, une petite fille suce son pouce.

- *Voici Omala et sa mère. Omala disait que sa mère avait tout perdu dans les conflits germano-français et qu'il ne leur était resté que cette vieille bicoque. A l'époque, sans la jolie véranda. Omala disait que notamment sa mère avait jeté un sort à toute sa descendance pour qu'elle puisse comprendre toutes les langues de l'univers, parce qu'elle était vraiment confuse elle-même entre l'allemand, l'alsacien, le français et le latin. Et elle me disait qu'il suffisait de se concentrer pour tout comprendre. Je peux te le promettre, Célestine, je n'ai jamais eu la science infuse des langues étrangères. Ni moi, ni Paul, deux vrais cancres en langue vivante. Cela fait dix-sept ans que je suis marié à ta mère, je baragouine l'anglais bien mal, et je ne te parle même pas de mon niveau dans le reste. C'est bien simple, notre professeur d'allemand de seconde à Paul et moi nous appelait Zéro, ça c'était moi, et Pointé, ça c'était Paul. »*

Paul rigole sans conviction. Il ferme la porte derrière nous, et je ne peux m'empêcher d'imaginer toutes ces choses fabuleuses que je trouverai à l'étage de cette maison biscornue. Dès demain, j'y retournerai.

V.

Malheureusement, mes plans sont contrariés. Dans la voiture, mon père ne pipe mot.

« *Je suis désolée pour le vélo dans la voiture, encore une fois. Peut-être qu'on pourrait acheter un porte-vélo ? Et je suis désolée que tu aies dû venir me chercher. Je pense que c'était bêtement une hypoglycémie. J'ai oublié de manger.* »

Le silence. Il y a quelque chose qui ne va pas avec mon père. Il a l'air perdu dans ses pensées. J'essaie de lui arracher quelques bribes de paroles « *Tu as vu ces vignes-là, hyper impressionnant le dénivelé, ça doit être la misère à*

vendanger. », « *Alors, tu as pensé quoi du débat hier soir dans Politiquement vôtre ?* », « *Les prochaines courses, faudra se rappeler de racheter du dentifrice.* ».
Assourdissant, ce silence.
Puis, alors qu'il gare la voiture dans le gravier, devant la chaumière bleue, sans même me regarder, il dit « *Tu ne vas pas aimer. Maman te ramène à Marseille pour la fin des vacances. Puis, tu reviens ici pour la rentrée. Nous divorçons. Après les vacances scolaires, elle retourne vivre à Memphis.* »
Silence mortifère.
Dans la chaumière, ma mère nous attend, assise sur le radassier, jambes croisées, magazine de mode en main. Je ne la regarde même pas et lui demande :
« *On part quand ?*
- *Demain.*
- *OK.* »

Ce seront nos seules paroles en un mois. A Marseille, impossible de faire fonctionner mon énergie. A la bibliothèque, impossible de lire du russe ou du tchèque. Dans les pinèdes, je ne ressens aucune énergie particulière et les cigales m'énervent. D'ailleurs tout m'énerve : ma mère qui tambourine à ma porte toutes les cinq minutes m'énerve, mes plans avortés m'énervent, Paul qui ne répond plus à mes appels m'énerve, mes copines et leurs histoires de mecs m'énervent. Après que toutes mes tentatives pour réveiller mon énergie aient échoué, je finis l'été dans ma chambre, ma musique dans les oreilles et j'attends que ça se passe. Je ne mange plus, mes pantalons s'en satisfont joyeusement et cela me permet de mettre des vêtements un peu plus sexy. J'ai beaucoup lu sur les croyances celtes, l'histoire de la sorcellerie, l'histoire et la géographie de l'Alsace, Je ne pense plus qu'à y retourner. Ma mère, qui espérait me convaincre de rester avec elle, se raidit chaque jour un peu plus. Elle prépare la vente de l'appartement marseillais. Mon père lui a dit qu'il ne s'en occuperait pas. Il y met une mauvaise volonté effarante. Lui aussi, finalement, il m'énerve.

Et puis, c'est le grand jour. Je prépare deux grandes valises. Mon père frappe à la porte et je lui saute au coup avec une joie non feinte. Je ne l'ai pas vu depuis un mois. Il est arrivé à Marseille hier soir, mais a préféré dormir chez un de ses amis. Lui aussi est en colère. Et lui aussi repartira avec deux grandes valises. Il ne reviendra plus ici avant que l'appartement ne soit vendu. Il n'a jamais été matérialiste, mais il semble toutefois improbable d'arriver à faire tenir plus de dix ans de sa vie dans deux valises, si grosses soient-elles. Il me dit, d'un air moqueur, qu'il a laissé les classeurs de paperasse administrative à ma mère et que cela fait plein de place. Et puis, il ajoute que les grosses choses partiront dans quelques jours, seront livrées en Alsace par une société de déménagement. Il y aura un rameur, une étagère pleine de livres, un lustre venant de Venise, son set de raquettes de squash. Soudain, j'aperçois ma mère qui pleure. Je lui ai fait vivre un mois horrible, mais maintenant qu'il faut se dire au revoir, je ne suis plus en colère. La boule au ventre, je lui saute dans les bras. Et tandis que je fonds en larmes tout contre elle, je sens de l'énergie me parcourir. Cette fois-ci, je jurerai que l'énergie me vient de ma mère. Cela étant dit, elle n'a rien à voir dans toute cette histoire. Nous bourrons la voiture. Ma mère est en haut, elle y restera. Je crois qu'elle a le cœur brisé mais est trop fière pour l'admettre. Je m'assois à l'avant. Je m'attends à la voir descendre de l'appartement à tout instant avec une pile de manteaux. Et puis elle partirait avec nous, tout serait effacé et nous recommencerions comme toujours. Elle n'est pas descendue. Je pleurniche en serrant mon vieil ours Maximilien, comme une enfant de cinq ans. Soudain, nous entendons du bruit sur la route. C'est Annabelle et mes autres copines de lycée, elles tapent dans des casseroles. Elles ont fait une banderole « *Bonne chance Célestine ! Ne nous oublie pas !* » avec des cœurs partout. Mon père s'arrête sur le bas-côté et je descends. Après une ultime embrassade collective, je remonte en voiture. Dans le rétroviseur, je peux les voir elles, mon immeuble en fond et, surprise, la silhouette de ma mère près de la porte qui fait un signe de la main.

Nous faisons la route d'une traite et dans le silence, chacun étant perdu dans ses pensées. En arrivant, je n'ai pas le courage d'installer mes affaires. Je m'écroule sur mon lit et m'endors instantanément. Demain, c'est la rentrée.

Changer de lycée m'avait semblé tout à fait concevable malgré l'avis négatif implacable de ma mère. J'y trouvais même quelque chose d'excitant : rencontrer des nouvelles têtes et peut être même innover en découvrant des professeurs qui me transmettraient avec passion leur savoir. Peut-être m'étais-je emballée un peu vite ?
Forcée de constater que les lycées sont tous les mêmes, que l'on soit à Marseille ou Obernai. Ça chahute, ça se fait la bise, ça se tape dans le dos, ça rigole. On pourrait penser que dans tel brouhaha festif, une inconnue silencieuse passerait inaperçue. Mais rien n'est plus perceptible que l'étrangère, surtout quand elle fait une tête de plus que la plupart des mâles. On se retourne, on me fixe, on me détaille et des messes basses bruissent. Je voudrais disparaitre derrière mes cheveux que je trifouille machinalement. Sur un banc en béton qui encercle un tronc d'arbre, une fille ne me regarde pas. Elle me plait déjà. Elle attire mon attention par ses mèches de cheveux bleues et les piercings noirs qui ornent son arcade sourcilière gauche. Elle est absorbée par un livre et ignore le monde qui l'entoure. Je peux voir ses grands yeux balayer les

pages, tandis que son corps se raidit puis se relâche probablement en accord avec les actions de son roman. Je meurs d'envie de lire au-dessus de son épaule pour découvrir quelles aventures pouvaient être si captivantes. Je m'assieds près d'elle et sors de mon sac mon emploi du temps et le plan du bâtiment que la secrétaire a donné à mon père le jour de mon inscription.

« *Tiens, toi aussi tu fais latin et grec ? On sera probablement les seules ! Tu es branchée langues anciennes ?* »

Je sursaute. Je suis aussi surprise que quelqu'un me parle que de la tonalite fort haute de la voix de la fille aux cheveux bleus. Je lui réponds en souriant

« *Non. Histoire, plutôt... Je m'appelle Célestine, je suis nouvelle ici.*

-Yop. Je m'en doute. On se connait tous ici. C'est l'effet école privée chic à la campagne. Moi, c'est Emma. »

Elle me serre la main fermement. Décidément pas une mollassonne. Nous papotons jusqu'à notre entrée en classe. Nous partagerons en effet la plupart des enseignements. L'un de ses bons amis, Stéphane nous rejoint, un grand type blond, au visage juvénile qui s'empourpre facilement. Sa bonne humeur me rassérène immédiatement. Joyeux drille comme j'en ai peu rencontré, il est l'auteur d'un certain nombre de caricatures, d'étudiants comme de professeurs, qui sont absolument hilarantes, surtout pour les autres. Emma l'a ainsi surnommé Hansi en l'honneur d'un célèbre dessinateur Alsacien.

Nous nous installons tous trois ensembles pendant notre première heure de cours qui se trouve être celle de philosophie. Du fond de la classe, Hansi croque les élèves tout en me les présentant. Ses dessins sont extraordinairement vivants, représentants à merveille « le galant » tentant de conquérir sa voisine de bureau, « le motivé » tâchant d'attirer l'attention du professeur, « l'indolente » dont l'attention se dirige vers les fournitures scolaires de ses camarades. Finalement, je passe une bonne journée. Les cours n'étaient pas plus inintéressants que n'importe quel cours dans n'importe quel bahut et j'ai bien entendu quelques « *T'as vu la girafe !* » et des « *Ben alors, t'as trop mangé de soupe ?* ». Pourtant le changement d'ambiance, en comparaison avec mon été Marseillais, et les discussions avec Emma et Hansi me remontent un peu le moral. En plus, ce week-end, je retournerai voir Paul et j'imagine déjà les trouvailles fantastiques que je ferai dans sa maison biscornue. Avant de prendre mon bus scolaire, je passe à la librairie, où je dois acheter un recueil de textes de Pline le jeune et un livre du danois Kirkegaard. J'y retrouve Hansi. Lui aussi doit acheter le livre de Kirkegaard.

« *Tu fais quoi ce week-end* ? » me demande-t-il. « *Je peux te faire faire un tour d'Obernai, si tu veux.*

- *C'est très gentil, mais je dois passer à Niederschaffolshwir pour voir de la famille. Mais une autre fois, bien volontiers. Nous pourrons demander à Emma si elle veut se joindre à nous.*
- *Bien sûr, ça pourrait être sympa. »*

Dès que je rentre à la maison, j'essaie d'appeler Paul, pour convenir d'un temps de visite sur le week-end, mais il ne répond pas. J'appelle chaque soir de la semaine, mais rien à faire. Mon père me rassure, Paul n'est pas tout à fait l'homme le plus branché technologie.

Samedi, j'enfourche mon vélo et je pars voir Paul. J'en profite pour passer au Château de Louis. Désert et vide. Après une demi-heure à tourner en rond, je finis par reprendre mon vélo pour me rendre à Niederschaffolshwir. Sa maison est toujours adorablement étroite et biscornue. Je vais frapper à la porte, mais un sifflement épouvantable me bloque à terre. J'entends des murmures de voix graves, en plusieurs langues. J'ai envie de vomir. Quelque chose ne va pas, ne va pas du tout. J'ai un mauvais pressentiment. Je ressens l'énergie du sol et soudain, on me tend la main. C'est Louis.

« *Bonjour Mademoiselle Walder. Est-ce que tout va bien ?*
- *Louis ? Bonjour. »*

Il m'aide à me relever, je me sens presque immédiatement ragaillardie.

« *Merci. Vous pouvez m'appeler Célestine, vous savez.* »

Nous nous regardons quelques instants en silence.

« *Bonjour Célestine, donc. Vous vous sentez mieux ?*

- *Oui, Je vais voir mon cousin Paul. Vous n'étiez pas au Château aujourd'hui.*
- *Non, en effet, j'étais ici.*
- *Chez Paul ?*
- *Non, je veux dire ici à Niederschaffolshwir. Chez des amis viticulteurs, pour discuter de procédés de vinifications. Il faut que je remette en route les vignes du Château, justement.*
- *Ah. Très bien. Vous aimeriez une tasse de thé dans l'endroit le plus incroyable que vous ayez jamais vu ?*
- *Bien volontiers.* »

Je ne suis pas sûre qu'il soit très convenable d'inviter un tiers qu'on connait à peine chez Paul, mais, connaissant sa bonne humeur, je pense que cela ne posera pas problème. Cependant, il m'est toujours impossible de m'approcher de la porte. Louis la pousse, elle était ouverte. Le couloir sombre l'est toujours autant. Nous passons la porte vers la véranda. Je hurle d'horreur. Louis me serre dans ses bras. La véranda a explosé. Paul, couvert d'insectes de toutes sortes, git sur le sol, transpercé par un large morceau de verre. Tout semble sans dessus dessous. Je vomis dans un arrosoir qui se trouve là, tandis que Louis appelle les secours, puis mon père. Je veux m'approcher du corps, peut-être il y a-t-il quelque chose à faire pour aider, mais Louis m'en empêche, m'agrippe le bras et me serre contre lui. Il me regarde, visiblement désolé et attristé. Très vite, on entend une ambulance du SAMU. Mon père arrive tandis qu'on emballe le corps dans un sac. Les gendarmes sont là aussi. Beaucoup trop de bruit et d'animation, je veux juste du silence. Louis veut prendre congé, mais je m'agrippe à lui comme à une bouée de secours. Je ferme les yeux, me souvenant de la magnifique verrière. Comment cela a-t-il pu arriver ? Les gendarmes nous interrogent, Louis et moi.

« *Que veniez-vous faire ici ?*

- *Je rentre de vacances. Je venais dire bonjour.*
- *Et vous Monsieur ?*
- *J'ai aperçu Mademoiselle Walder, depuis le trottoir d'en face tandis qu'elle semblait avoir des difficultés à ouvrir la porte.*
- *Il y avait un sifflement très aigu qui me cassait les oreilles. Il a cessé au moment où Louis…*
- *Louis comment, Monsieur.*
- *Louis Speirgott, fils de Gottfried Speirgott, du domaine de Lugos. Je venais rendre visite aux Schneider, pour des histoires de vignes.*

- *Ah oui, Monsieur, bien sûr, vous ressemblez terriblement à votre père et votre grand-père. Puis, ensuite, comment avez-vous découvert la victime ?*

- *Nous sommes rentrés. La porte n'était pas fermée. Rien ne semblait sortir de l'ordinaire, mais je n'ai pas fait tellement attention. Puis nous sommes rentrés dans la véranda et ...* » Je suis des yeux des gendarmes faisant des relevés divers. Louis passe gentiment sa main dans mon dos, ce qui me réconforte énormément. Je reprends « *Et là, ben la véranda était en morceaux et ça sentait une odeur épouvantable. La théière était sur le sol. Paul était couvert de papillons.*

- *Vous parlez d'une théière sur le sol ? Autre chose vous a semblé déplacé ?*

- *Je ne saurais dire. Je sais qu'à l'étage il y avait la plupart de ses affaires. Il devait me montrer de vieux objets qui appartenaient à notre famille depuis plusieurs générations.*

Mon père intervient sèchement auprès du gendarme. « *A présent ça suffit, elle n'a que seize ans. C'est une enfant. Faut-il vraiment rediscuter tout ça ? C'est absolument épouvantable.* »

C'est alors qu'on entend une voix depuis l'étage. A quatre pattes, la tête sortie d'un petit fenestron, un gendarme, au visage poupin, nous crie « *Les gars, c'est pas la verrière. Il s'est passé un truc.*

- *Un truc, lieutenant ? Vous n'avez pas plus détaillé ?*

- *Ben z'avez qu'à v'nir voir. J'sais pas qualifier ça, moi.* »

Le gendarme face à nous soupire nonchalamment. Il fait signe à mon père de l'accompagner et je suis, tout comme Louis. Pour accéder à l'étage, il faut monter une petite échelle de bois, du côté du couloir. Le gendarme monte lentement, mon père trop vite, créant une série de pauses embarrassantes pour ces deux zouaves. Nous allions monter aussi, mais Louis tire mon bras vers l'arrière, hochant la tête. « *Tu iras plus tard.* » murmure-t-il. Mon père redescend en courant, terrifié. Louis lui demande ce qu'il se passe et là, mon père le regarde, articulant calmement « *RI-EN. C'est forcément la verrière.*

- *Effectivement, l'affaire est close. C'est la verrière et le réchauffement climatique. Il fait une chaleur de dingue ici.* » répond le gendarme.

Il fait signe à tous ses collègues de plier leurs affaires. Tous sont sidérés. Louis regarde fixement le gendarme. Je commence à me demander si Louis n'en sait pas plus que ce que je ne pensais. Il sait que j'ai compris. « *A présent, Célestine, il est temps que je prenne congé.* » Il me salue, salue mon père et le gendarme, et s'en va. Je reste statique et perd le fil du temps. Je reviendrai faire l'état des lieux de l'étage à un autre moment.

VI.

Deuxième enterrement à cercueil fermée en trois mois. Je ne peux plus dormir. Dès que je ferme les yeux, ce cauchemar terrifiant de mur de pierre et de neige revient en boucle. Je passe mes nuits à errer dans les couloirs et feuilleter des livres de peinture ou de voyage dans le salon, toutes lumières allumées. Ma mère est là. Quand elle a appris la mort de Paul, elle est venue immédiatement par le premier train. Et mon père a fondu en larmes dans ses bras. Je n'avais jamais vu mon père pleurer. Ma mère s'est installée dans la chambre d'Omala. Elle n'aura pas servi longtemps, j'ai attrapé ma mère sortant en catimini de la chambre de mon père au petit matin. Dire qu'il aura fallu cela pour qu'ils se rabibochent.

Paul était tout ce qui restait de sa famille, moi mise à part. Je ne crois pas une seconde que ce soit un problème d'explosion de la verrière causée par un soleil trop chaud. D'abord parce qu'il ne faisait pas si chaud ce jour-là. Quand j'ai vu les morceaux de verre, j'ai immédiatement pensé au couvercle de théière que j'avais envoyé valdinguer. Cela pourrait-il etre de ma faute ? Ai-je provoqué une fissure qui aurait fragilisé la verrière et ainsi, la mort de Paul ? Je ne le crois pas. Il y a quelque chose de suspect à l'étage. Tandis que nous préparons l'enterrement, nous sommes repassés par la maison biscornue de Niederschaffolshwir. C'était assez étrange de se rendre compte qu'à chaque fois que nous parlons de monter à l'étage, mon père oublie et part faire autre chose. J'y suis montée. La pièce est en panique. Il y a de tout. Dans un coin, Paul gardait son linge comprenant principalement des tuniques colorées, des chemises aux imprimés pour le moins éclectiques : hawaïen, pied de poule, fleuri, avec des canards ou des sapins. Juste à côté une Calorette datant des années soixante-dix et un panier avec de la lessive et de l'adoucissant, parfum douceur de lilas. Sur un porte-manteaux, une collection de chapeaux. Des coffres et des coffres sont disposés contre les murs. Dans l'un de la vaisselle en faïence, dans un autre des pots en céramique de toutes les tailles à tarte ou à baeckaofa, encore dans un autre des photos. Des photos de Paul, mon père et Omala, une photo de moi bébé dans les bras de ma mère et beaucoup de photo d'inconnus. Certaines sont anciennes. Sur l'une d'entre-elle, je reconnais le Château de Louis, enneigé. Au premier plan, Omala tout jeune avec un individu que j'imagine être mon arrière-grand-père et probablement un ancêtre de Louis. Qu'est-ce qu'il ressemble à son aïeul. Au dos de la photo, écrit au crayon gris « *Marie-Augustine, Hans-Charles et Ludwig au Château de Lugos. 1943. Daemonium Vosgicus occlusum est cum clave.* » Hans-Charles n'était pas le nom de mon arrière-grand-père et je crois qu'il est mort avant 1943. Je soupire. A présent, Paul est mort aussi. Sur un des murs, on voit une trace noire dans le bois contenant en négatif la forme d'un homme avec le bras replié contre lui comme pour se protéger, et une trace de brûlé sur le sol. De la trace, une trainée s'étale jusqu'au fenestron qui s'ouvre sur la véranda. Paul a été assassiné et jeté par le fenestron. On a cassé la verrière, peut-être la violence du choc. On n'a même pas cherché à cacher ses traces. Je redescends, j'en ai vu assez. De par mes discussions avec mon père, j'apprends que mes grands-parents eux-aussi sont morts dans des circonstances étranges Mes grands-parents s'occupaient de mon père et de Paul, tandis que Lucia et son mari, les parents de Paul, étaient en week-end en amoureux. Suite à un appel téléphonique alarmant, dont personne ne connait la teneur, mes grands-parents ont déposé en urgence les deux garçons chez Omala. Ils ne sont jamais revenus. Des semaines plus tard, on les a retrouvés tous les quatre dans une voiture qui n'était pas la leur, dans un fossé, en Italie. En tous cas, c'est la version qu'Omala servit à mon père. Paul restait donc la seule famille de mon père et son décès a réveillé bien des choses presque oubliées. A la fin de la semaine, ma mère repart. Mon père retourne travailler à la scierie. La mort de Paul ne semble être qu'une parenthèse, mais à présent je sais qu'il y a quelque chose de pas net qui est en train de se passer. Paul a été assassiné. Les membres de ma famille sont assassinés. Je refuse d'avoir peur, je vais trouver le meurtrier et lui faire payer.

Finalement, je trouve un peu de répit dans mon nouveau lycée. Les cours me changent les idées et je m'entends bien avec Emma avec qui je discute féminisme et histoire locale. Après les cours, nous allons boire des milkshakes dans un café juste à côté du lycée. D'autres nous y retrouvent. Hansi m'amuse beaucoup. Lui aussi est arrivé récemment au lycée d'Obernai, juste avant les vacances. Nous découvrons certaines choses ensemble : la boulangerie Schneider où nous allons chercher de merveilleux croissants à la frangipane à la pause de dix heures et quart, Madame Schmidt, la professeure de Sciences de la vie et de la terre, qui lève ses yeux de désespoir face à nous autres étudiants en filière littéraire, le petit passage secret au fond du bâtiment d'utilités qui débouche sur une salle de livres anciens de la bibliothèque de la ville. Cette dernière trouvaille est ma préférée. Je dois dire que nous sommes rentrés dans ce bâtiment parce que j'y ai entendu un bruit étrange. Nous y avons découvert des balais et des râteaux, de l'équipement de chimie et des sacs de ballons de volley-balls, un de ces gros appareils à moteur équipés d'un balai brosse pour nettoyer les sols. Puis, tout au fond, j'entendais toujours ce bruit étrange. En collant mon oreille contre le mur, devant un Hansi hilare qui se demandait bien ce que j'entendais, nous avons découvert une porte cachée. Je n'arrivais pas à l'ouvrir, mais Hansi lui n'eut aucun mal. Quand nous nous sommes rendus-compte que c'était la salle des livres anciens de la bibliothèque municipale, je suis tout de suite allée chercher Emma, qui bouquinait ailleurs. Depuis, elle bouquine dans cette pièce-là « *parce que toutes ces vieilles lettres ne peuvent qu'inspirer les cœurs.* »

Un mois plus tard, je ne suis pas retournée à Niederschaffolshwir et le château de Lugos semble déserté. Je me satisfais d'une routine simple et sans histoire. Un peu d'animation tout de même : nous partons pour deux jours, faire un voyage de classe de géologie. Au programme balade dans les collines et tectonique salifère. Je n'ai rien contre les balades en forêt, en revanche l'idée d'une ingurgitation forcée de théorie du caillou m'ennuie profondément. En particulier, nous partons avec notre chère Madame Schmitt, une vieille fille proche de la retraite, qui collectionne les jupes droites de couleur kaki et les grosses lunettes à monture écailles fluorescentes. J'espère toutefois passer du temps à plaisanter avec mes amis Emma et Hansi et visiter la belle région de Colmar.

Dans le bus règne une belle pagaille. Madame Schmitt avait dans l'idée de nous briefer sur nos deux jours de vacances géologiques « *Ceci n'est pas un voyage de vacances mais une exploration géologique du Haut-Rhin. Je compte sur vous pour canaliser votre attention sur les roches que nous allons étudier et non pas sur les aspects sociaux de cette aventure que nous allons vivre tous ensemble.* » Nous nous sommes arrêtés au mot vacances. Je suis assise à côté d'Emma qui se transforme en talentueuse guide touristique tandis que je me délecte du paysage couvert de vigne, de maisons à colombages et de pots de géranium. Le temps est magnifique, ces vacances-ci s'annoncent phénoménales. Tout d'abord nous nous rendons à Eguisheim. C'est un village de carte postale avec ses maisons multicolores à croisées. Il y a, comme dans tous les petits villages alsaciens, des fleurs à tous les balcons et sur toutes les places, comme si un peintre avait voulu recouvrir le beige des bâtiments d'une multitude de taches roses, rouges et fuschias. Le village est absolument minuscule, entouré de remparts qui ont depuis bien longtemps disparu et dont on ne peut pas vraiment faire le tour pour admirer le paysage alentour. En centre-ville trône une fontaine qui semble avoir connu tous les âges et derrière cette fontaine, sur un promontoire de pierres, se trouve un bâtiment étrange. Il se tient accroché à une chapelle aux murs rouges flamboyants et n'a l'air ni d'un château ni l'air d'une bâtisse usuelle. Il se compose d'une tour octogonale accolée à un bâtiment principal à la découpe très géométrique, presque moderne. Je peux voir à travers une ouverture, un escalier massif formé de grosses pierres. Il semble il y avoir maintes promenades le long d'alcôves qui s'ouvrent sur le village. Le toit est décoré de tuiles de céramique multicolores. L'ensemble n'apparait pas bien ancien et je doute qu'il ait été la demeure du pape Léon IX qui vécut en cet endroit au 11e siècle après Jésus-Christ. L'escalier montant vers la chapelle est entouré de massifs de rhododendrons et curieusement d'un mini parcours d'escalade. Les touristes se bousculent pour la visiter. Quand nous pouvons enfin y pénétrer, l'ambiance est fort différente. Elle est décorée merveilleusement et raconte l'histoire de l'Alsace et de ses saints. Le plafond, de peinture blanche, est recouvert d'un décor de lierres. Les vitraux sont étincelants de couleur. J'aperçois Sainte Odile emmitouflée dans un beau manteau vermillon et portant un voile blanc. Elle tient une crosse d'abbesse dans sa main gauche et porte contre son cœur un livre. Soudain, je suis surprise de constater que le livre arbore ces yeux incongrus que j'avais trouvé dans le livre que m'avait offert Louis. Il y a quelque chose qui me gêne dans ces yeux que je n'arrive pas à définir. Puis, rapidement, je me rends compte qu'il ne s'agit pas de deux yeux, comme si le livre ouvert était un visage, mais d'une répétition de l'œil droit sur chaque page. Je m'approche du vitrail pour en observer chaque détail. Il est fissuré et je réalise qu'un je-ne-sais-quoi brille au niveau de la fissure. Je me retourne. Tous les autres élèves de ma classe sont sortis de la chapelle et je me retrouve donc seule. Je prends une chaise près l'autel et y grimpe pour observer la fissure de plus près. Une minuscule clef qui mesure peut-être deux centimètres de long s'y trouve. Sa bossette est décorée d'une émeraude semblable à celle qui se trouve sur mon médaillon. Je glisse la clef dans ma poche et descends précipitamment de la chaise juste à temps, avant que d'autres touristes curieux ne pénètrent dans la chapelle. Avec un peu de chance personne ne m'a vu et le fait de chaparder cette clef n'est pas un sacrilège. Je sors guillerette et rejoins mes amis dehors. Ils patientaient au soleil, se demandant ce que je fichais. Bientôt, nous reprenons la route qui nous emmène vers notre sortie géologique. J'accompagne machinalement, en n'écoutant rien. J'ai la main, comme l'esprit, au fond de ma poche. J'aurais aimé sortir la clef mais ne le peux pas ne pouvant trouver quelques minutes d'intimité sans être dérangée par mes amis qui me racontent leurs histoires ennuyeuses de lycéens, qui m'intéressent tout autant que les histoires de cailloux de Madame Schmitt. Soudain j'entends Hansi prononcer le mot « sorcière » tout en ricanant. Il chahute Emma en lui faisant des grimaces « *Sorcière, sorcière sorcière.* » Ils courent l'un après l'autre en rigolant. J'interpelle Hansi pour lui demander : « *Ben alors, pourquoi tu traites Emma de sorcière ?*

- *Bah on est au Bollenberg, ma belle. Le Bollenberg : la colline aux sorcières. C'est là qu'elles se réunissaient pour leurs rituels sataniques.* » Emma le corrige, exaspérée.

- *C'est le microclimat dû à une inclinaison et un ensoleillement particuliers de la colline. Et le sol, ce que vient d'expliquer Madame Schmitt, le calcaire. Ça fait pousser plein d'herbes qu'on ne trouve habituellement qu'en Méditerranée. Certaines étaient utilisées pour leurs bienfaits médicinaux par des guérisseuses, au Moyen-âge. Évidemment, des femmes qui avaient un savoir, à cette époque-là, tu imagines… Donc ils les ont enfermées dans une tour, à Rouffach, puis les ont brûlées au bûcher. Bandes d'ignares nauséabonds… Et puis, quand les modes ont changé, ben ils ont créé un hôpital psychiatrique, pour enfermer les femmes qui refusaient de se conformer à la société patriarcale.*

- *So WOKE Emma, so WOKE…* »

Hansi se moque, je ne pense pas qu'Emma apprécie.

Je sens la clef dans le fond de ma poche et l'agrippe fermement. Je n'écoute plus vraiment mes amis, et encore moins Madame Schmitt qui s'est arrêtée face à des rochers qui me font penser à des personnes agenouillées. Je suis juste machinalement la troupe, me contentant d'un sourire ou d'un hochement quand l'on m'interpelle. N'osant sortir le précieux objet pour le regarder de plus près, j'essaie d'en percevoir chaque détail par le toucher. L'émeraude est-elle en effet semblable à celle de mon médaillon ? Qu'est-ce que cette clef peut ouvrir ? Je me souviens de la boîte de métal du rocher, mais cette clef-ci me parait trop petite. Je me sens quelque peu idiote de penser que cette clef pourrait à quelque endroit être liée à mon étrange histoire de famille. Cependant, cette émeraude est si semblable à celle de mon médaillon. Je culpabilise aussi terriblement, après tout je viens de détrousser une église. Peut-être que cette clef, placée à cet endroit précisément, avait une signification religieuse pour la communauté catholique locale. Mes oreilles se mettent soudain à siffler, d'abord faiblement puis crescendo, à me faire tourner la tête. La clef devient brûlante, tout comme mon médaillon que j'arrache de mon cou. Je suis prise d'un mal de cœur épouvantable et ma tête tourne. Je cherche des yeux mes amis, je sens la main d'Emma dans mon dos tandis que je me retrouve à genoux. Face à moi, une femme hurle un cri suraigü. Elle brûle, se transforme en métal liquide. Mon corps entier brûle avec elle, j'ai l'impression de mourir avec elle, jusqu'à ce que je ne ressente plus rien.

Je me réveille à l'hôpital de Colmar. Emma est allongée contre moi et dort, Hansi est assis sur un fauteuil et griffonne. On m'a posé une perfusion. Je me sens relativement bien physiquement, mais reste terrifiée par la vision de cette femme qui mourait.

Hansi réalise que je me suis réveillée. Il s'approche de moi, s'assoit sur le bord du lit d'hôpital en déplaçant la télécommande, et se met à chuchoter.

« *Hey Célestine. C'était hyper impressionnant. T'as gerbé sur le menhir !*

-Le menhir ?

-Ouai, la pierre moche, toute ridée. Tu ne te souviens pas ? Madame Schmitt nous expliquait des trucs sur la colline. Une histoire de culte du Soleil au temps des celtes. Et là on s'approche de ce menhir et d'un coup t'as eu un malaise, ou je ne sais pas quoi. Madame Schmitt est persuadée qu'on s'est drogué quand on trainait un peu à l'arrière. Du coup, ils nous ont pris du sang à tous, pour analyse toxicologique. Enfin, ceux qui étaient avec toi : Emma, moi, les deux frangins Pfimlin, Colette et Céline. Ça fait bien deux heures pour maintenant, ils doivent avoir les résultats. A ben tiens, l'infirmière...

- *Non, le docteur,* répond une jeune-femme souriante qui porte de grosses lunettes. Elle me rappelle quelqu'un, mais je n'arrive à dire qui. Puis, elle s'adresse à moi. *Mademoiselle Walder, il semblerait que vous ayez fait un choc anaphylactique, peut-être aux orchidées sauvages. Vous avez fait une réaction très sévère. Avez-vous des antécédents d'allergie connus ?*

- *Pas que je sache...*

- Et bien, peut-être qu'en vous tenant à distance de cette colline, vous n'aurez plus ce problème à l'avenir. » Le docteur prend mon pouls, touche mon front, me verse un verre d'eau et part.

Quelques minutes plus tard, un second médecin vient me voir.

« *- Et bien, Mademoiselle Walder, les rapports de toxicologie n'ont rien trouvé. Mais quelle que soit la substance que vous ayez ingérée...*

- *Mais je n'ai rien pris. Je croyais qu'il était clair que c'était une allergie ? L'autre docteur...*

- *Quel autre docteur ? Il n'y a pas d'autres docteurs, ça se saurait, on est en sous-effectif depuis des mois... Une allergie, non jeune-fille, certainement pas...*

- *Non mais l'organisation dans cet hôpital... J'te jure...* » murmure Hansi, en me regardant tout en tournant le dos au médecin.

« *Les orchidées sauvages ? Le docteur qui est venu tout à l'heure...*

- *Bon écoutez les jeunes... Déjà jeune-homme, je vous demanderai de sortir immédiatement. C'est une consultation médicale ici, pas une cour de récré. Et puis l'autre là, je rêve ou elle dort ?* » Le docteur fait sortir diligemment Emma et Hansi, puis ferme la porte.

« *Mademoiselle, je vois hallucination sur votre dossier. Ceci n'est pas bénin. Ce pourrait être les premiers signes d'une maladie psychiatrique plus importante. Nous allons être obligé de vous garder cette nuit, car vous avez toujours une légère arythmie. Mais j'ai d'ores et déjà demandé à notre psychologue de venir vous parler. Nous avons un très bon programme de désintoxication, si vous avez consommé des produits. Parfois, à votre âge, vous savez, on fait des blagues. Un ami qui vous tend un morceau de gâteau aux champignons hallucinogènes, ce ne serait pas la première fois que ça arrive. Vos parents ont été informés de l'incident et devront être présents au rendez-vous avec la psychologue. J'ai pris la liberté de prendre ces prospectus que vous devriez lire avant la consultation de demain. Si votre cœur va mieux demain, vous serez en capacité de rentrer chez vous. Vous êtes une jolie fille, plutôt en bonne santé. Prenez la main qui vous est tendue maintenant. Croyez-en mon expérience, si vous ne le faites pas, dans quelques années, vous le regretterez. Si vous avez réellement eu une hallucination sans prendre de produits psychotropes, il est des plus importants que vous en parliez. Je peux vous référer en psychiatrie, si cela est nécessaire. Nous en parlerons demain, en présence de vos parents et après la consultation avec notre psychologue.* »

Emma et Hansi attendaient derrière la porte. Tout cela n'a pas l'air de les affecter. Nous passons une heure à papoter tranquillement, à grand renfort de chips, biscuits et soda que Hansi a achetés au distributeur. Puis, soudain, j'entends une

voix bien trop familière à laquelle je ne m'attendais pas. « *Je vouloir vois ma fille, now*[18] *!* » Impossible de se tromper, ma mère est à quelques mètres. J'entends ses talons claquer sur le sol puis la porte s'ouvrir brusquement « *Oh my sweet Darling ! What did happen to you* [19]*?* » Hansi et Emma font un geste de la main et m'abandonnent. Par chance, ma mère a croisé le premier docteur qui était venu me voir. « *Pas de orchidées pour toi, my sweet Célesdarling !* ». Elle m'explique qu'elle est venue dès qu'elle a su. Elle a fait drôlement vite depuis Marseille… Elle n'était probablement pas à Marseille ou peut-être ai-je perdu le fil du temps. Je me demande ce qu'elle faisait. Mon père arrive quelques minutes plus tard.
« *C'est bon, on sort. Tu es officiellement excusée de la visite de géologie. Tu sais que tu n'étais pas obligée d'en faire autant. Cela étant dit, j'ai eu une petite altercation musclée avec cette Madame Schmitt. J'avais une professeure de biologie juste comme elle et c'était il y a trente ans.*
- *Oh my goodness, yes !*[20]» je m'exclame avec joie.

Mes parents éclatent de rire. Mon père prend ma mère machinalement par l'épaule. Il m'est difficile de les comprendre. Moins d'une heure après, nous sortons de l'hôpital, mon dossier blanchi. Nous rentrons à la chaumière.

---

[18] *maintenant*
[19] *Ma chérie, que t'est-il arrivé?*
[20] *Oh mon dieu, oui !*

La douleur de cette femme brûlée vive est restée dans ma mémoire. Je ne sais si c'était une vague d'imagination, une hallucination ou la réminiscence d'une scène s'étant réellement déroulée. Ce que je n'espère pas. Et pourtant, cela semblait si réel et la couleur… La couleur de cette roche fondue, argentée et turquoise. Cela me fait penser à Louis. Je suis passée au Château, plusieurs fois. Je ne l'ai pas revu. Peut-être pourrait-il m'aider à y voir plus clair ? Avec Paul, j'ai perdu mon seul guide. Je décide de retourner à Lugos et à Niederschaffolshwir. En attendant, dès que nous arrivons à la maison, je prétexte une grande fatigue et me rends dans ma chambre. Je ressors la boîte de métal que j'avais sorti du rocher, si tant est qu'elle ait réellement été sortie d'un rocher. Je tente de l'ouvrir, d'abord avec la clef que j'ai trouvée à Eguisheim, mais elle est trop petite. Puis, j'essaie de crocheter la serrure avec des épingles à cheveux, et j'arrive brillamment à les tordre dans tous les sens, sans rien ouvrir. Finalement, j'essaie de me concentrer et bien que j'arrive, plus ou moins, à canaliser de l'énergie, la boîte devient brûlante mais reste fermée. Je dois donc trouver la bonne clef qui correspond à la serrure.

VII.

Je dois rester quelques jours à la maison tandis que mes camarades finissent ce voyage de classe maudit. Tandis que mon père va s'occuper de ses affaires à la scierie, ma mère reste avec moi aujourd'hui. Elle s'agite beaucoup car la maison est en désordre. Elle lance des machines de linge, récure la cuisine, dépoussière les cadres. Cette fois-ci, elle s'est directement installée dans la chambre de mon père.

« *Donc, vous vous remettez ensemble ?*

- *No. Celesdarling, not the slightest hope. I'm sorry Sweety.* [21]»

Et, elle s'en va lustrer le radassier.

« *Je vais trier des affaires dans la chambre d'Omala.*

- *Sure Sweety. Don't exhaust yourself.*[22] »

Je n'y étais pas allée depuis longtemps. Je note que le passage de ma mère a laissé quelques traces, mais pas autant que je ne le craignais. Le linge qu'Omala portait est toujours là, posé sur le petit bureau. A côté, une bombe de laque. A vrai dire, l'odeur de laque prédomine dans la pièce. C'est une odeur rassurante, celle de ma mère. La laque peut rester où elle est. Je me concentre « *Trouver la clef* ». Je retourne fouiller dans le sac en toile de jute. Divers bidules de toutes sortes, mais pas de clef. Les poches des tabliers sont vides. Sous le matelas, ni clef, ni liasses de billets. Dans les tiroirs du bureau, une agrafeuse, du scotch, des crayons gris sans mines, de rares avec. Une jolie boîte à bijoux contient les boucles d'oreilles, les grosses en Onyx, d'autres avec de très belles pierres, des rubis et des émeraudes, et encore d'autres plus fantaisie, en

---

[21] *Non, Célestine ma chérie, pas la moindre chance. Je suis désolée.*
[22] *Bien sûr, ma chérie. Ne t'épuise pas.*

perles de plastiques et métal bon marché. Puis, dans un autre tiroir, de la paperasserie et une pince dorée serrant une pile de papiers essentiels : la carte grise de son scooter, son livret de famille, des bons du trésor, le titre de propriété de la chaumière et une autorisation d'accès aux livres anciens de la bibliothèque d'Obernai. Cela m'amuse que ma grand-mère ait jugé important sa carte de bibliothèque au même titre que ses papiers d'identité. Il est vrai qu'elle aimait tant lire, et toutes sortes d'écrits, des polars aux biographies de personnages historiques, en passant par des récits qui faisaient un peu peur, peuplés de Dracula, Frankenstein ou Freddy Kruger. Le petit morceau de papier est jaune vif, avec un code barre et quatre chiffres écrit au crayon, 5-1-1-8. Ce doit être le digicode pour entrer dans la pièce et cela correspond au numéro de la maison de Paul. Elle l'a probablement choisi, j'imagine qu'on scanne le code barre et qu'on vérifie avec le digicode, beaucoup de manières pour la bibliothèque d'une petite ville. Je prends le petit morceau de papier, ce pourrait être amusant de rentrer à la bibliothèque par la vraie porte, pour une fois.

Je ne trouve aucune clef. Rien sous le sous-main non plus. Finalement, j'inspecte le parquet, à la recherche d'une planche amovible. Toujours rien. Forcée de constater que j'ai fait chou blanc, je sors de la pièce. Si je ne la trouve pas dans la maison, il faudra que je fouille la maison biscornue, mais un autre jour, pour l'instant ma mère ne m'autorisera aucune sortie jusqu'à ce qu'elle soit sûre que je me porte comme un charme.

La fin de semaine me semble longue. C'est très silencieux dans la journée. Ma mère travaille sur son ordinateur ou s'occupe de la maison. J'ai retourné toute la chaumière à la recherche de la clef qui ouvrirait la boîte de métal, des pots de thé dans la cuisine à la cloche de l'entrée. A court d'idée, je me décide de fouiller le jardin. Notamment, le puit dans la cour. Je soulève toutes les pierres.

« *Hey, tou es bien agitée, my Celesdarling.*

- *Coucou Maman. Je regardais le puit, enfin les roches. En rapport avec ce qu'on a fait en géologie…* »

Difficile de trouver une excuse quand on a un roc de vingt centimètres de long dans les bras.

« *Put that thing down, will ya.* [23]»

Elle me prend dans ses bras et je la serre contre moi. Elle me manque terriblement et je voudrai pouvoir partager tout avec elle. Pourquoi faut-il que mes parents se séparent maintenant !

« *I want you to come with me, Celesdarling.*[24]

- *Mais Maman. Je ne comprends pas. Pourquoi veux-tu à tout prix partir maintenant. Ne me dis pas que tu ne veux plus être la femme de papa. Surtout avec tout le boucan que vous faites la nuit ! Je suis sûre que vous vous aimez toujours.* »

---

[23] *Pose ce truc par terre, s'il te plait.*

[24] *Je veux que tu viennes avec moi, ma chérie.*

Elle est rouge écarlate. Après un long moment de silence, la face un peu plus blanche et relevant le menton, elle me prend par la main.
« *Allons nous promener en ville. For a nice change of mind.* [25]»

Hilarante. Nous montons à deux sur le scooter d'Omala et nous voici parties à Obernai sur un coup de tête. Nous en avions besoin, et quel changement de décor ! Cela me fait un bien fou. Après une manucure, un tour au salon de thé où nous dévorons bredele[26] et macarons, et quelques sacs de shopping divers, nous faisons un tour de la vieille ville. Je ne sais comment elle peut marcher autant avec ses stilettos.
« *Tu n'as pas mal aux pieds ?*
- *Well, actually, I'm dying*[27]*. Je crois que ce est plou joli, pour ton père. Il aime bien.*
- *Et bien, arrêtons-nous cinq minutes et nous n'avons qu'à échanger nos chaussures. On fait la même pointure, non ? Tu remettras tes chaussures en rentrant pour Papa.*
- *Good idea. Let's stop here, at the library.*[28] »

---

[25] *Pour se changer les idées.*
[26] Biscuits alsaciens
[27] A vrai dire, c'est épouvantable.
[28] Bonne idée. Arrêtons-nous ici, à la bibliothèque.

J'acquiesce avec joie, d'abord heureuse de passer un petit moment amusant avec ma mère mais également parce que cela me donne la possibilité d'y farfouiller. Le ticket d'accès aux livres anciens se trouvent dans la poche de mon pantalon…

Nous commençons par nous asseoir sur les poufs moelleux de la salle de lecture. C'est un bâtiment ancien, aux poutres apparentes. Le mobilier moderne et coloré m'y parait terriblement anachronique. Ma mère me tend ses très belles chaussures, je lui échange contre mes baskets en toile. Un troc inéquitable. Elle les inspecte, soupire. Puis elle inspecte ses propres pieds, rouges, gonflés, couverts d'ampoules. Finalement, elle n'est pas si mécontente. Je me redresse, plus haute de dix centimètres, et me cogne la tête contre le plafonnier. Ça commence mal.

« *Fais une pause, Maman. Je m'en vais voir si je trouve des livres intéressants à emprunter.*

- *OK. Ne sois pas trop longue. I think I'd like to get back home, now.*[29] »

Je fais un tour pour repérer les différentes sections de la bibliothèque. Polar, jeunesse, régional. Puis, j'entraperçois une porte vitrée blanche. Sur le côté, un lecteur de code barre, je tente ma chance. Je lis le papier jaune, mais je me rends compte qu'il n'y a pas de clavier pour faire un code de

[29] J'aimerais bien rentrer à la maison, maintenant.

validation. Une petite loupiote clignote en rouge. Je prends deux livres au hasard sur les étals et me rend au guichet.

« *Bonjour madame,*

- *Bonjour.* »

Elle me détaille de bas en haut. Je connais ce regard me jugeant trop grande. Je peux lire « grande asperge » dans ses yeux. Puis, elle s'arrête sur mon choix « Massacre sanglant » et « Psychologie du suicide » et elle me regarde, les yeux investigateurs. J'aurais probablement dû regarder ce que je prenais.

« *Votre carte de bibliothèque, mademoiselle ?*

- *Je n'en ai pas. C'est pour ma grand-mère.* » Et je lui tends le ticket jaune.

Elle me regarde à nouveau.

« *Bonjour Célestine. C'est une carte spéciale, celle-là. C'est pour accéder aux livres anciens. Nous avons quelques livres anciens, que Marie-Augustine s'est occupée de classer et organiser. Je suis désolée pour votre grand-mère. Je n'ai pas pu me rendre à ses funérailles, mais je l'appréciais énormément.*

- *Est-ce que je pourrais les voir ?*
- *Les livres anciens ? Non, ce n'est pas pour les enfants.*
- *Je n'en suis plus une…*

- *Pour vos livres, vous devez ouvrir un compte si vous n'en avez pas déjà un.*
- *Très bien, et bien faisons ça. Vous avez besoin de mon nom et ?*
- *C'est un adulte qui doit ouvrir ce compte pour vous.*
- *Ma mère est juste là.*
- *Très bien, allez la chercher, alors...* »

Je sens que je m'énerve. Je respire à fond. Je ne vais pas aller chercher ma mère pour emprunter ces livres-là, elle paniquerait. Je m'apprête à négocier, posant mes deux mains sur le comptoir. C'est alors que le comptoir se fend en deux dans un craquement effrayant. Devant le visage hébété de la bibliothécaire, je récupère nerveusement les livres, les pose sur le chariot des retours et sort précipitamment. Ma mère me rejoint, surprise. Elle enlève les écouteurs de son téléphone. Elle n'a pas dû entendre le fracas du comptoir.

« *Tout va bien ?*
- *Oui, oui. Juste la bibliothécaire qui m'a bêtement énervée. J'ai un coup de pompe, on rentre ?* »

Nous nous dirigeons vers le parking puis reprenons le scooter. A la chaumière, mon père est déjà là. Il nous jauge, son regard se posant sur nos pieds. Il vient nous débarrasser de nos paquets et prend ma mère par la taille. « *Tu n'as jamais été aussi belle.* » dit-il dans un sourire.

Elle repart le Dimanche. Elle repart pour Memphis. Des visites n'ont pas été prévues. Quand je monte me coucher, un paquet est posé sur le lit avec un petit mot. Elle m'a laissé ses stilettos et un je t'aime.

VIII.

Lundi, le retour au lycée est affreux. Des regards en coin, des tapes sur l'épaule, des « *Comment ça va ?* » inquiets. Madame Schmitt est absente et le proviseur lui-même me demande si je vais mieux. Emma me sort de ce marasme en me prenant par le bras.
« *Ouah, t'es encore plus grande aujourd'hui. Sympa les chaussures. Pas les tiennes, hein ? Avec la petite jupe, c'est bien. Ça te fait de belles jambes.* » Elle a tout de suite su que quelque chose n'allait pas. Ma féministe préférée essayant de me remonter le moral, à l'encontre de son opposition à la

femme-objet, ça n'a pas de prix. Je me sens déjà un peu mieux. Nous allons de cours en cours sans trop parler, jusqu'à la pause de midi. Le viande bouillie-gratin de blettes au menu s'accorde parfaitement avec le grand n'importe quoi du jour. Avec Emma, nous sortons de l'établissement et achetons des milkshakes à emporter et des sachets de chips. Nous allons tester tous les goûts dans l'espoir d'y enterrer mon chagrin. Nous nous réfugions dans la salle secrète de la bibliothèque. Après avoir décrété que le goût piment s'accorde bien avec les milkshakes à la banane et que les chips cumin-fromage de montagne font puer de la bouche, nous restons dans le silence. Il me semble qu'Emma a quelque chose à me dire, mais non. Elle reste silencieuse. Elle se lance dans une version de grec due dans quelques jours. Pour tuer le temps, je me promène dans les rayonnages. Cette salle de livres anciens ne contient pas des livres si anciens que ça. Dix-neuvième siècle, une vieille édition d'un livre de Goethe ou de Maupassant. Ça ne me parait pas suffisamment exceptionnel pour nécessiter une entrée restreinte. Ou peut-être que je n'y connais juste rien ? J'ai soif, à cause de toutes ces chips. Un peu mal au ventre aussi. Par chance un réfrigérateur bas est posé dans un coin. Espérant y trouver quelque chose à boire, je l'ouvre. A défaut d'eau ou de lait, des tiroirs dans lesquels sont entreposés de très vieux livres datant du quatorzième siècle jusqu'au seizième. Voici donc le trésor que protégeaient Omala et la bibliothécaire. Chaque livre est entouré d'un ruban sous lequel est glissé un petit carton avec un numéro et un descriptif manuscrit. J'y reconnais l'écriture de mon arrière-grand mère. Amusée, j'y découvre un livre sur les sorcières du Bollenberg. Il a été écrit par l'un de ses docteurs en théologie du seizième siècle qui se qualifiait de démonologue. Enfant, j'avais visité, avec ma mère et Omala, un musée à Bergheim, sur la sorcellerie en Alsace. On y parlait de comment la pauvreté en Alsace et la peur des nouvelles idées religieuses et scientifiques avaient conduit la population à brûler ses femmes. Ce livre-là parlait d'un couvent de sorcières qui étaient responsables du mauvais temps la journée et se livraient à des soi-disantes orgies la nuit, au Bollenberg. A la suite d'un orage de grêle, ces femmes devaient être arrêtées mais avaient disparu. Les hommes du village avaient cherché leurs épouses, pour s'occuper des maisons et des enfants, mais elles ne semblaient être nulle part. On crut qu'elles s'étaient enfuies. C'est plus tard que l'on se rendit compte que des menhirs avaient été érigés au Bollenberg, en nombre correspondant à celui des femmes disparues. Le théologien y voyait une moquerie du diable. Je me souviens alors de l'horreur de ma vision au Bollenberg. Je ferme le livre dans la précipitation. Le bruit fait sursauter Emma.

« *Ben, qu'est ce qui se passe ?*

- *Rien, enfin si. J'ai fait une trouvaille, tu devrais venir voir. De vraiment vieux livres.* »

Elle s'approche et regarde les livres, par-dessus mon épaule.
« *On ne devrait pas les toucher, il faudrait mettre des gants.* »
Emma a déjà repéré une boîte presque vide de gants en nitrile vert mousse. Elle prend le livre que j'ai dans les mains, l'ouvre, parait déçue.
« *En vieil allemand, c'est dommage qu'on n'y comprenne rien. C'est pour ça que c'est si important les langues anciennes.* »
Elle prend son téléphone et essaie une application qui lit le texte et le traduit instantanément. « *Langue non reconnue. Dommage.* » J'aimerai lui dire que j'ai tout compris, que je peux entendre la voix de l'auteur. Évidemment, je ne le peux pas. Elle lit le descriptif
« *Par Hans Kneubel, Théologien démonologue allemand. Cas des sorcières du Bollenberg. XV. Ça a l'air intéressant.*
- *Ça correspond à quoi le quinze ?*
- *Je ne sais pas mais regarde, il y a un code couleur. Ce livre aussi a un ruban bleu. XVII. Rapport sur le procès en sorcellerie de Ursula Semler, Bergheim. Et celui-là, XVIII. Cool, sur l'horloge astronomique de la cathédrale de Strasbourg. Par Jean Baptiste Schwilgué. Trop bien. Et manuscrite en plus. Regarde, il y a un marque page.*
- *Je peux voir ?* »

Encore une fois, je peux entendre la voix traduisant le livre, une voix d'homme claire et posée.

« *Le coq, dominant l'édifice, chantait toutes les heures. C'était une attraction aimée et on me demande de le restaurer. J'ai inspecté le mécanisme. Ce n'est pas la rouille qui l'a endommagé. Il est relativement bien préservé en dépit de son âge. De même, les mécanismes coulissent de façon appropriée. La légende veut qu'il ait été frappé par la foudre. Cela m'avait paru impossible puisqu'en 1640, date présumée de l'incident, l'horloge se trouvait bien abritée à l'intérieur de la cathédrale. En revanche, cela correspond à la période de l'annexation de l'Alsace par la Prusse. Des sympathisants prussiens pourraient avoir endommagé volontairement le coq, symbole de notre patrie. A bien regarder les pièces, je peux voir que certaines sont fondues, brunies, rugueuses, comme si elles avaient été assujetties à une température trop importante. C'est cela qui a causé les dommages ravageant le mécanisme. Je me pose la question du modus operandi, car je ne sais quel four serait suffisamment chaud pour de tels préjudices.* »

Sur le marque-page est inscrit au crayon gris « *Lucia au portail ?* ». En haut à droite, le numéro de page. 51. Page 51, livre

18. Ce ne peut être juste une coïncidence avec le numéro marqué sur l'accès à la salle des livres anciens d'Omala. Lucia était la mère de Paul. Son cadavre ainsi que celui de mes grands-parents ont été retrouvés en Italie. Je me demande bien ce que cela signifie. Se pourrait-il qu'ils aient voyagé en Italie par une sorte de portail dimensionnel ? Soudain, Emma et moi entendons un bruit de porte. Prises de panique, nous prenons nos sacs et passons de l'autre côté du mur, laissant derrière nous une pagaille qui ne peut qu'etre remarquée. Nous filons de l'autre côté de la cour du lycée et nous nous cachons dans la salle de chimie. Nous rions de soulagement. J'enlève mes chaussures qui me font mal aux pieds. Et là, venant de nulle part, Emma m'embrasse. Droite comme un pic, je m'en vais. Je ne m'y attendais pas et je n'ai pas la moindre idée de comment réagir. Je tombe sur Hansi. Voyant ma mine déconfite, il me prend dans ses bras. Je ne sais si ce sont tous ces évènements qui m'assomment, mais je me sens soudain mal.
« *Je vais rentrer à la maison. Je ne me sens pas bien.* » lui dis-je. Il propose de me ramener sur son vélo. Chalée[30] sur son porte bagage, la route ne me convient pas et je me sens vaseuse tout du long. Par chance, nous croisons Louis en voiture. Il nous klaxonne et Hansi s'arrête. Nous voici tous trois sur le bord de la route. Les voitures passent près de nous à toute vitesse. Louis m'agrippe et me demande si ça va. A vrai dire, je me sens beaucoup mieux depuis que je suis descendue de vélo pour le saluer. « *Stéphane,*

[30] Portée sur le porte bagage d'un vélo, provençal

voici Louis, notre voisin. » Je n'ai pas le temps d'élaborer qu'une deuxième voiture s'arrête. C'est celle de mon père. Il ne dit pas grand-chose. Hansi se confond en excuses, essayant d'expliquer qu'il voulait me ramener à la maison et Louis explique que j'avais l'air instable sur le porte bagage et n'a pas eu le temps de me proposer d'être raccompagnée en voiture. « *Je la ramènerai moi-même. Merci messieurs.* » Dans la voiture, après quelques minutes, il prend enfin la parole.

« *Hum. Ils ne t'ennuyaient pas, ces garçons, hein ? Ta mère est encore dans l'avion, mais y a-t-il des discussions que nous devrions avoir ?*

- *Tout va bien Papa, pas de problème.*
- *Peut-être qu'il serait préférable que tu laisses les chaussures de ta mère au placard. Pour quelques années. Ou disons pour toujours. Et mettre des pantalons, aussi.*
- *C'est OK, Papa. Je crois qu'effectivement, je ne les remettrais pas de sitôt. Elles m'ont causé quelques problèmes aujourd'hui.* »

Je passe une soirée agréable avec mon père. Nous préparons le dîner ensemble, discutant principalement de football et de problème à la scierie. Il est difficile pour les camions de circuler dans la forêt. Des employés ont notamment trouvé une aire de pique-nique, des gros rochers qui demandent un équipement

spécial, des pentes au dénivelé important. Mon père m'explique qu'il y a toute une région de la forêt qui est impossible d'accès.
« *Alors tu devrais la laisser comme elle est et faire le tour. La déforestation excessive, de toutes façons, c'est complètement outdated*[31]. »
Il se gratte la tête et fait la moue. Nous débarrassons la table en silence puis je lui fais la bise pour lui souhaiter bonne nuit.
« *Attends. Tiens, garde ça sur toi, au cas où.* » Il me tend un Opinel.
« *Ben pour quoi faire,*
- *Si tu te perds encore en forêt, ou si l'un de ces garçons t'ennuie encore.*
- *Papa !* »

Il s'amuse de mon air effarouché. Je monte me coucher, en tentant d'oublier cette journée.
Le lendemain, au lycée, c'est encore pire puisque Emma m'évite. Hansi semble se demander ce qu'il se passe. Je ne sais pas ce que l'on sait de la vie amoureuse d'Emma et je ne tiens pas à aborder le sujet, de peur de faire un impair. J'espère juste que notre relation pourra rester amicale. Les jours puis les semaines passent. Les jours de classe me paraissent sans fin. A présent, il fait froid. La neige bloque les routes, mon père devient mon chauffeur personnel qui m'accompagne et vient me chercher au lycée. Cela me rassure, car je continue à faire ce cauchemar. J'aimerais à

[31] Dépassé, en anglais

présent essayer de comprendre ce qui se passe dans mon cauchermar, au-delà de ce mur enneigé, mais je me réveille toujours au même moment. Je dors mal mais je me dis que tant que je ne vais pas jouer dans la neige en forêt, rien ne peut m'arriver. J'ai aussi une série d'examens blancs « *qui comptent pour un tiers de votre note du premier trimestre* ». J'ai proposé à Emma de travailler ensemble. Elle a accepté à condition que nous soyons accompagnées de Hansi et des frères Pfimlin. Peu à peu, la situation se normalise, mais nous n'avons pas reparlé de ce qui s'était passé dans la salle de chimie.

Les vacances arrivent et mon père a prévu de les passer avec moi, abandonnant la scierie. Nous resterons seuls, mais j'ai laissé une note au château pour Louis, au cas où il souhaiterait nous rejoindre pour le repas de Noël.

L'avant-veille de Noël, mon père rentre à la maison avec un sapin immense. « *Décorons ce bébé !* » dit-il avec joie. Nous nous mettons en quête de décoration de Noël. J'ai fouillé la maison, de fond en comble, pour essayer de trouver la clef qui ouvrirait la boîte de métal, mais je ne me souviens pas avoir vu ni boules ni guirlandes ou que ce soit. Démantelant la maison, mon père et moi, nous ne trouvons rien.

« *Aie. Elles doivent être à la maison de Paul. C'est toujours là-bas que nous célébrions Noël…* » Mon père grimace. Il a également hérité de la maison de Paul, mais n'a pas pu ou voulu y retourner depuis… Je crois que c'est parce que cela lui fait trop de peine. Ni une, ni deux, il m'embarque vers Niederschaffolshwir. Quand nous arrivons là-bas, nous jetons un œil à la verrière brisée. A présent, la plupart des plantes sont mortes. La fontaine et le transat sont recouverts de neige. J'ai besoin de fermer les yeux pour me souvenir de la beauté qui émanait de ce lieu il y a seulement quelques mois. Mon père écrase une larme. Je le prends par la main et le sort de la véranda. Et là, je me souviens de l'état de l'étage. « *Tu devrais patienter dans la voiture. Je vais monter les chercher, moi, ces décorations de Noël.* » Il ne se fait pas prier.

En haut, les taches de brûlure me triturent l'estomac. Je fouille en vitesse boîtes et coffres. C'est dans un coffre, très près du fenestron, que je trouve des coupures de journaux sur la disparition de mes grands-parents. Omala les a annotées, j'imagine qu'elle cherchait une explication. C'est alors que je remarque un exemplaire des Dernières Nouvelles d'Alsace, barbouillé de stylo rouge. Il semblerait que le jour de la disparition, la foudre ait frappé l'horloge astronomique de Strasbourg. Cela me fait penser au livre ancien que nous avions trouvé à la bibliothèque avec Emma. Je descends en trombe l'échelle et rejoins mon père.

« *Rien trouver d'intéressant, mais j'ai une super idée. Pourquoi n'irions-nous pas au marché de Noël de Strasbourg. Ce n'est pas si loin et ça nous permettrait de visiter la cathédrale. Je n'ai pas le souvenir d'y être jamais allée.*

- *Et bien figure-toi que moi non plus. Omala faisait un blocage sur Strasbourg, refusant qu'on y mette les pieds. Filons, c'est l'occasion qui fait le larron.* »

Strasbourg bouchonne. Bouchonne beaucoup. Il semblerait que tout le département ait décidé de se rendre au marché aujourd'hui. Après une heure et demie à observer le coffre de la voiture devant nous, nous finissons au parking de la gare. Je lis un soupir de soulagement sur le visage de mon père et nous acquiesçons que la raison pour laquelle Omala ne voulait pas se rendre à Strasbourg était probablement le trafic routier. Une fois dans le centre-ville, quelle merveille ! L'odeur de la neige se mêle à celles du vin chaud et du pain d'épices. Toujours des maisons colorées, pas de géraniums, c'est l'hiver, et pourtant, des décorations florales partout. Nous prenons des selfies sur les ponts croisant les bras de l'Ill, comme des touristes, et les envoyons à ma mère. Sur la place de l'église, d'adorables petites échoppes de bois vendent tout et n'importe quoi, des produits alsaciens, des décorations de Noël, du tir à la carabine, du nougat provençal, du saucisson des Alpes ou du cidre normand. Mon père m'offre un cœur géant en pain d'épices, j'ai à nouveau cinq ans et je me régale.
La cathédrale est immense, je ne peux la voir d'un seul tenant. Découpée, ciselée, brodée, elle me fait penser à de la dentelle. A l'intérieur, la lumière pénètre par les multiples vitraux, si grands que j'ai parfois du mal à distinguer ce qu'ils représentent. Tandis

que mon père allume un cierge, je m'en vais à droite scruter l'horloge astronomique. Je me demande si j'y découvrirai un indice sur la disparition de mes grands-parents. L'horloge est en fait une succession de cadrans, indiquant non seulement l'heure mais aussi la date et la position des planètes. Assombrie par le temps qui passe, son aspect m'effraie tout de suite, en particulier à cause d'une statue représentant la mort qui trône au milieu des automates. C'est bondé de curieux car l'on va bientôt changer d'heure, et donc d'automate. De l'adulte, nous passerons au vieillard. Les touristes se préparent. M'amusant de les voir dégainer leurs téléphones ou appareils photos, je les observe et découvre un cercle immense, derrière eux, gravé dans le mur. Je peux entendre comme des murmures et des bruissements de feuilles. Je m'apprête à le toucher mais on m'attrape la main.
« *Qu'est-ce que tu fais ? Sors d'ici, vite, avant l'heure pleine.* »
Louis est là, paniqué et en colère. Il me tire en dehors de l'église. Mes yeux sur le cercle, je le vois se transformer en un cercle de lumière lorsque l'automate se met en mouvement. Les cloches sonnent. Les touristes ne se rendent compte de rien. Puis le cercle redevient une figure géométrique gravée dans le mur. Sur le parvis, je le questionne du regard. Il ne dit rien. Mon père nous rejoint, sifflotant, verre de vin chaud en main. Son visage faussement transfiguré de joie, Louis prend une inspiration, puis nous remercie de notre invitation. Il sera bien là pour le repas de

Noël. Il s'assure que nous nous éloignons avant de partir lui-même.

Les deux jours qui suivent, je ne peux penser qu'au cercle et à Louis. Le jour de Noël, il arrive à l'heure exacte, les bras chargés de présents :des bouteilles de vins d'Alsace pour mon père, une orchidée pour moi, gâteaux et sucreries pour tous. Mon père n'a pas l'air de tenir à ce que je reste seule avec Louis, bien qu'il se montre l'invité parfait, poli et serviable, vouvoyant mon père et l'appelant Monsieur Walder.

« *Que faisiez-vous donc à Strasbourg, jeune-homme ?*

- *Je rendais visite à mon frère. Il habite près de la cathédrale. C'est ainsi que j'ai aperçu Célestine.*
- *Et que fait votre frère ?*
- *Il étudie.*
- *Ah oui, une ville universitaire. Et vos parents ?*
- *Ils ne sont plus de ce monde. Excellente cette oie.*
- *Je suis désolé de l'apprendre. J'ai moi-même perdu mes parents très jeune. C'est Célestine qui l'a préparée. L'oie. La recette de ma grand-mère.* »

Je rougis bêtement. Non d'avoir été complimentée mais de colère. Ce n'est pas de ça dont je veux parler. J'ai soudain une opportunité tandis que mon père va chercher des buches pour mettre dans le poêle.

« *Qu'est-ce que c'est que ce cercle ? Un portail ?*

- *Oui.*
- *Est-ce qu'il aurait-pu m'arriver la même chose qu'à mes grands-parents ?*
- *Oui. Je n'ai pas pu arriver à temps à l'époque…*
- *Tu connaissais mes grands-parents ?* »

Il ne répond pas et se fige.

« *Où est Omala ?*

- *Là où vont les esprits quand le corps humain décède. Écoute Célestine, je ne devrais pas être là. S'il te plait tiens-toi à distance de ce portail.*
- *Une dernière question, qu'est ce qui a tué mes grands-parents ?*
- *Lucia. Je ne sais pas comment mais elle l'a libéré.*
- *Libéré quoi ?* »

Mon père revient à ce moment-là. Le dîner se finit dans un amoncèlement de banalités et platitudes et Louis ne passe pas une seconde de plus en ma compagnie. Il part en me saluant poliment, à distance. Je ne le reverrai pas de tout l'hiver.

Je me souviens de mon cauchemar et il me terrifie. Tant qu'il neige, je reste à l'abri, me contentant de ma vie de lycéenne. Emma redevient mon amie, bien qu'une certaine distance se soit établie entre nous. Dès que les beaux-jours réapparaissent, je retourne boire des milkshakes avec elle, Hansi et les frères

Pfimlin. Nous les appelons les jumeaux démoniaques, car ils préparent toujours un coup fourré, coussins péteurs sur le siège du professeur de math, explosifs en chimie, fausses alertes diverses pour éviter tous les examens, ours en gélatine fondus dans la purée de la cantine. Ces derniers collent plus que de la super glue, la cantinière était vraiment furieuse. Surtout, je ne reste jamais seule, sauf pour aller au Château. Mais Louis y reste introuvable.

IX.

Les discussions à la scierie continuent. L'hiver fut une bonne saison pour mon père et il est à la recherche d'une stratégie pour optimiser la production et l'entretien de son domaine forestier. Nous nous y rendons chaque week-end pour en faire un plan précis, délimiter les zones riches en rocher, les zones de repousse, les arbres à couper en urgence. Cela me permet également de ressentir la forêt, de m'habituer à y puiser ma force et essayer de la contrôler. De nombreux oiseaux m'y tiennent compagnie. Avec mon père, nous avons établi une charmante aire de pique-nique sur une large pierre plate, trouvée enterrée au milieu des souches.

Elle est gravée par endroits et j'imagine qu'elle a dû avoir une fonction il y a des siècles. Mon père avait initialement prévu de la faire expertiser par un historien, mais au vu du coût, elle est devenue notre table de pique-nique. Nous l'avons placée près de la rivière, sous un saule pleureur. Nous avons dégagé le sol qui, à présent, se couvre de crocus et de muguet. La table est recouverte de mousse. Je ne veux pas la nettoyer, pour qu'elle reste intemporelle. Des oiseaux viennent voler les quelques miettes que nous laissons parfois. Je n'y ai pas emmené mes amis, je le ressentirai comme un sacrilège.

Parfois, la tournure des évènements est impensable. C'est ainsi que par un des premiers dimanches ensoleillés de printemps, après une longue matinée à dégager des rochers d'une voie d'accès, nous décidons de faire une pause pour un sandwich jambon-fromage et quelques tomates cerises avant de rentrer. Puis nous rentrons, mais au moment de démarrer la voiture, mon père se rend compte qu'il a perdu ses clefs. Nous nous regardons désolés. Le double est dans le tiroir de l'entrée de la chaumière, et je n'ai que les clefs de la maison. Je me précipite au Château, mais Louis ne s'y trouve pas. Nous partons donc, chacun de notre côté, mon père et moi, chacun scrutant la moitié de la boucle faite plus tôt dans la matinée, avec pour consigne de nous retrouver à la table de pique-nique. Sur mon chemin, je ne trouve rien. J'arrive la première et m'installe sur la pierre, essayant de réfléchir à l'endroit où pourrait se cacher la clef. Mon esprit ne peut

s'empêcher de divaguer sur une autre clef, celle qui ouvrirait la boîte de métal. Le sol vibre, des marques sur la table s'illuminent derayons turquoise, je sens une énergie me transpercer et s'élever vers le saule pleureur. Soudain, j'entends du bruit dans les arbres. Une volée d'oiseau, puis mon père, déconfit.
« *Pas de chance. Toi non plus ? Zut. Qu'est-ce que tu fichais sur la table, Célestine ? Tes cheveux sont couverts de feuilles. Bon, je vais appeler Jean-Pierre, le bucheron, pour lui demander de l'aide. Ah c'est quoi ça par terre. Peuh, une vieille clef rouillée, on n'est pas les seuls… Allo, Jean-Pierre…* » Effectivement, j'ai des feuilles de partout, même à l'intérieur de mon T-shirt. Je descends de la table. Tandis que mon père s'éloigne, bras en l'air pour chercher un réseau téléphonique, je ramasse la clef qu'il a jeté par terre. Elle est petite et piquée de rouille. Je ne peux y croire. Serait-il possible que la clef ouvrant la boîte en métal soit celle-ci ? Vingt minutes plus tard, Jean-Pierre vient nous chercher dans sa fourgonnette et nous ramène à la chaumière. Confus, mon père lui offre une pinte de Picon bière.
Dès que j'en ai l'occasion, je monte dans ma chambre et ressors la boîte de métal vert. La clef s'enclenche parfaitement dans la serrure, qui grésille un peu d'usure mais s'ouvre.
A l'intérieur, se trouvent plusieurs morceaux de papier, des lettres, des parchemins, des photographies en noir et blanc. Tout a l'air ancien et mité. Je prends une première enveloppe. Elle était adressée à mon Omala, un courrier d'une amie qui lui

racontait ses peines de cœurs. Puis, je trouve une carte postale qui venait de moi et mes parents, quand j'étais petite et que nous habitions encore aux États-Unis. Je fouille avec envie, essayant de retrouver, à travers ces notes, la vie de mon Omala. Au dos d'une photo d'une jeune-femme souriante est inscrit : Lucia, treize février mille neuf cent quatre-vingt-deux. C'était le jour de sa disparition. Au second plan, on aperçoit la cathédrale de Strasbourg. D'autres photos portent la même date : un couple heureux sur un pont ou devant un monument, puis une série de photo avec un gros bébé joufflu aux cheveux hirsutes. On reconnait déjà Paul dans sa jovialité communicative. Sur l'un des clichés, un cercle rouge entoure une silhouette que je ne peux distinguer. Puis une coupure de journal, datant de la date du mariage de mes parents. On témoignait d'une lumière verte sortant de la forêt à proximité du Château de Lugos. L'article s'intitulait « La guerre des Mondes : des aliens envahissent le Lugberg ». Racoleur. Je me souvins alors de la discussion que j'avait eu avec ma mère, le jour de la disparition d'Omala. Mon père en sait plus que ce qu'il laisse entendre, c'est certain. Pourtant, il m'a accompagné à Strasbourg, en dépit du danger ou par ignorance ?

Un morceau de papier plié en quatre et des traces de flammes attire également mon attention. Cette fois-ci, rien à voir avec mes grands-parents. Il s'agit d'une lettre qui avait été écrite en janvier mille neuf cent quarante-quatre, lors de la seconde guerre mondiale, un an avant la libération de l'Alsace.

Ottrott, 13 janvier 1944,

Chère Marie-Augustine,

Ceci sera mon dernier courrier depuis le site de fouilles. Les Allemands s'en vont enfin. Ils commencent à s'inquiéter de perdre la guerre. Ils doivent rediriger leurs fonds vers leur armée et non pas vers de vaines fouilles archéologiques qui tentent de justifier de leur supériorité. Quels cornichons ! Je m'amuse de voir que notre canular de prophétie de Sainte Odile, vieux de trente ans, soit pris au sérieux par les fouilleurs allemands. Nous avons un peu exagéré les choses avec Pierre-Marie, en leur racontant que le terrain derrière le mur est habité du fantôme de la Sainte. Vous vous amuseriez à les voir éviter de passer de l'autre côté du mur et à quitter le campement dès que le soleil diminue sa voilure.

Voici donc le dernier état que je vous ferai de ces fouilles. Ils ont trouvé quelque chose sous les pierres. Reinhert, l'archéologue envoyé par ce fumier d'Hitler, est sûr que les pierres sont mérovingiennes. Il ne pense pas que cela date des Germains, ce qui l'ennuie fortement car il devra le justifier à ses supérieurs et son moustachu. Pire que tout, il n'a pas trouvé d'artefact germain sur le site, ce qui lui retire, une bonne fois pour toute, sa théorie que le mur païen aurait été construit par les germains et que donc tout le territoire serait originellement allemand.

En revanche, ce qu'ils ont trouvé sous les pierres mérovingiennes est plus intéressant. Il y avait un mur avant le mur. Ils ont excavé des artefacts qui datent de l'époque gallo-romaine, des pièces de monnaie, des brisures de terre cuite. Ils ont aussi retrouvé des traces de bois fossilisés. La question est bien sûr pourquoi les mérovingiens ont voulu reconstruire le mur avec des pierres aussi solides, aussi larges, comme s'ils essayaient de protéger la montagne. De ce que je comprends des Allemands, il n'y a pas de justification militaire pour la construction d'un tel mur et on ne dépense pas tout cet argent pour construire un mur de cinq mètres de haut et dix kilomètres de long pour rien. Je pense que vous avez raison, Marie-Augustine. Quelque chose se cache sur cette colline, quelque chose qui n'a rien de simple. Et peut-être que vous avez raison, peut-être qu'on n'a pas voulu protéger la montagne mais plutôt en interdire l'accès. Toutefois une abbaye est construite sur la montagne et Dieu protège ses pèlerins. Peut-être qu'en revanche les païens sont en danger ? Marie-Augustine, je connais bien vos inclinations que je ne partage pas, et bien que nous soyons unis dans une lutte contre le diable allemand, il me semble important de vouloir vous guider vers un territoire plus saint.

J'espère que nous pourrons nous revoir après la fin de cette guerre. Aujourd'hui, nous avons craché dans les tonnelets de bière que nous devions apporter au campement. Nous en avons ressenti une euphorie extraordinaire. Pierre-Marie et moi, les deux éclopés réformés qui ne servions à rien avons là marqué une victoire bien savoureuse. Et nous en avons profité pour dérouter, avant nos méfaits, un tonnelet pour nous même. Nous l'avons enterré près du mur, dès que les teutons auront dégagé, nous organiserons une orgie bien méritée. Sûrement, un territoire païen est l'endroit le plus parfait pour une telle célébration.

Bien affectueusement,

Hans-Charles

P.S. : j'ai bien remis le petit coffre, comme vous me l'aviez demandé à l'abbaye, sous la statue de la sainte. Puis j'ai remis la clef à Pierre-Marie. Il m'a dit qu'il l'avait caché à Eguisheim, quand il est allé livrer des tonneaux dans la région de Colmar. Il m'a dit de vous dire que la Sainte voyait tout.

J'essaie de remettre toutes les pièces du puzzle dans l'ordre. Cela fait beaucoup d'informations. Ma grand-mère était-elle dans la résistance ou cherchait-elle à assurer ses propres intérêts ? Elle n'a jamais vraiment voulu parler de cette guerre. Elle n'aimait pas qu'on lui impose quoi que ce soit et s'est évertuée à parler en Alsacien la plupart du temps. Mon père m'a dit qu'elle ne se sentait pas appartenir à la France ou à l'Allemagne, mais à sa terre et sa forêt. Maintenant, je comprends ce qu'elle voulait signifier. Hans-Charles, le nom lui semblait familier, celui de

Pierre-Marie pas. Je me souviens d'une photo de lui avec ma grand-mère. Il y avait l'ancêtre de Louis. Ou peut-être était-ce Louis ? Je me demande pourquoi il évite toute discussion sur le sujet. Qu'est-il exactement ? Un être éternel, une âme qui semble réelle aux pauvres humains que nous sommes, comme celle de mon arrière-grand-mère ? Ou un être dangereux ? Je sens dans mon cœur que je peux lui faire confiance, mais est-ce suffisant ? A cette époque-là, mon arrière-grand-père était déjà mort, sur cette même colline où les Allemands avaient fait des fouilles. Ce Hans-Charles opposait les païens et les chrétiens. Était-il possible que cette colline soit réellement maudite pour les païens ? Je ne suis ni païenne, ni chrétienne. Je suis une fille moderne. Comme dirait Emma, tout ça, ce sont des concepts moyenâgeux. Ou tout du moins, je pense être une fille moderne. Pourtant, je peux percevoir une énergie à laquelle je ne prêtais pas attention il y a quelques mois. La sorcellerie d'un jour est la science de demain. Comme j'aimerais partager tout cela avec Emma ! Je crois que je devrais lui parler, l'emmener dans notre foret, à la table, lui faire une démonstration. Je prends mon téléphone et, lui laisse un message « *Urgent. On se retrouve à la bibliothèque demain à la pause ?* »

Puisque je ne suis d'aucun bord religieux, je ne pense pas que je risque quoi que ce soit à aller visiter l'abbaye de Sainte-Odile, de voir de mes propres yeux ce mur, cette montagne, cette forêt. Sainte Odile n'aurait pas pu maudire les païens, son père était païen, ses grands-parents paternels probablement aussi. J'ai lu quelques textes sur Aldaric et nous en avons discuté avec Emma. Il y est décrit comme un ignare violent, cependant ce sont les lettrés de l'époque, c'est-à-dire les religieux, qui nous ont transmis ces informations. Opinionnés, manipulés à des fins politiques ou religieuses, les témoignages qui nous sont parvenus n'ont qu'une valeur biaisée. Je me demande soudain si je peux voyager dans le temps en contrôlant mon énergie. Peut-être que c'est ce que fait Louis ? Dans cette lettre, une autre chose m'interpelle : la clef cachée à Eguisheim. Il ne peut s'agir que de la clef que j'ai trouvé dans le vitrail de Sainte-Odile, cette clef ornée d'une émeraude semblable à celle qui se trouvait sur mon médaillon ? Je la ressors de l'un des tiroirs de mon bureau. Elle brille. Je la pose côte à côte de mon médaillon, les deux émeraudes sont parfaitement similaires. Mon téléphone est lui aussi sur mon bureau. Pas de réponse d'Emma pour l'instant.

Je dois me rendre à l'abbaye du Mont Saint-Odile pour découvrir le coffre et comprendre ce qu'il cache. J'imagine qu'Omala ne l'a pas caché elle-même par peur de se rendre sur le Mont. Depuis mon lycée à vélo, je pourrais m'y rendre facilement, cela prendrait une demi-heure peut-être… La route doit monter, au pire, je pousserai mon vélo. « *Papa ?*

- *Oui ma chérie,*
- *Je suis désolée mais je suis très en retard sur un devoir de géographie à rendre cette semaine. Comme je finis à 15h les*

cours demain, je me disais que je pouvais passer l'après-midi à *la bibliothèque, à Obernai.*

- *Excellente idée ! Tu veux que je vienne te rechercher plus tard ? A cette heure-là, il n'y aura plus de bus scolaire. Vers quelle heure ? C'est que j'attends un transporteur à la scierie en fin d'après-midi...*
- *Et bien justement, je pensais que si tu pouvais me déposer à l'école demain avec mon vélo plutôt que je prenne le bus scolaire, j'aurais mon vélo pour aller à la bibliothèque et je rentrerais depuis la bibliothèque sans que je ne te dérange ?*
- *Tu deviens sportive, c'est bien, mais quand tu te mets de grands objectifs en tête avec ton vélo, souvent il finit dans le coffre de ma voiture... N'oublie pas ton téléphone...* »

Il n'a pas tort. Je prépare un sac avec un plan des randonnées sur le mont, imprimé depuis internet, une bouteille d'eau, une barre de céréales et une veste polaire. Le temps s'annonce magnifique pour un mois de Mars, ni trop chaud, ni trop froid. Je m'inquiète toutefois, au vu de mes expériences précédentes dans les forêts alsaciennes… Je réfléchis quelques minutes et rajoute une lampe torche et une boîte d'allumettes, et puis la lettre de Hans-Charles et la clef, bien évidemment. J'espère qu'Emma acceptera de m'accompagner, cela me rassurerait. Pour l'instant, elle n'a toujours pas répondu à mon message. Tant pis, je la verrai au lycée le lendemain. Je mets des heures à m'endormir, excitée par l'aventure qui se profile.

Le lendemain, Hansi et les frères Pfimlin sont surpris de me voir arriver à vélo. Quand je leur raconte mon envie « *de faire du tourisme et de visiter le Mont Saint-Odile* », Les jumeaux démoniaques me regardent surpris. Frank, le plus bavard des deux, me prend par l'épaule et essaie de me décourager « *Ben tu veux faire quoi là-bas ? Prendre de selfies avec les statues ? Ce n'est pas très intéressant... Enfin bon, t'as une belle vue c'est sûr, mais tu vas t'embêter à faire ça en vélo : ça monte drôlement... Tu ne veux pas plutôt faire ça avec ton père, sur un week-end ? C'est un peu le genre de truc que tu fais avec tes parents quand ils veulent faire un truc culturel pour leurs enfants. Enfin, pour être clair, tu fais ça si t'es forcée...* » Son frère acquiesce et rajoute « *Rien à y faire de cool, tu ne peux quand même pas genre peindre le nez de toutes les statues en rouge. Non sérieux, viens plutôt prendre un pot avec nous, en plus on finit tôt cet aprèm'.* » Emma me manque, elle aurait certainement enchaîné sur la protection des femmes au sein des abbayes. Je ne la vois nulle part et toujours pas de réponse à mon message. Depuis mon téléphone, je lui envoie un rapide « *OK ?* » avec un emoji qui sourit. Soudain, Hansi parle timidement : « *Moi, je veux bien t'accompagner. J'aimerais bien m'inspirer de la vue pour une série de croquis. Je prépare un portfolio pour mon dossier pour les beaux-arts.* » Les frères Pfimlin le charrient quelque peu, Frank lui donne un coup de coude servi avec un clin d'œil. Je rougis, embarrassée, mais à vrai dire, je suis ravie qu'il m'accompagne. Je le remercie vivement, il sourit malaisément. Quoi qu'il en soit, les cours se passent de façon usuelle, mise à part Emma qui reste introuvable. Quand, à 15h, je sors de géographie, je retrouve Hansi sur son vélo et tenant le mien. « *Ben, et l'antivol ?*

- *Ta date d'anniversaire ? Vraiment Célestine ?* »

Je montre mon plan à Hansi qui semble connaître la route. Les frères Pfimlin nous font des grands signes de loin, nous les ignorons. Nous traversons Obernai, puis nous engageons sur la route qui monte vers le mont. Mon guide est bien trop rapide pour moi. Très gentleman, il ralentit et quand je n'ai plus la force de monter, il promène nos deux vélos, tout en restant à mes côtés. J'apprécie ses efforts. Mon père avait raison, cette course n'était pas faite pour la non-sportive que je suis. Même en marchant, je transpire et m'essouffle. Sûrement, il se posera des questions quand il me verra revenir de la « bibliothèque ».

La route goudronnée s'arrête sur un parking au milieu de la forêt. « Tu es certain que c'est la bonne route ? Il me semblait que l'on pouvait accéder jusqu'au bout…

- Oui, oui, ne t'inquiète pas. C'est moins difficile en marchant par la forêt et on peut laisser nos vélos ici. Et puis, c'est plus joli et à l'ombre. »

Je le comprends, chargé de son matériel à dessin et de nos deux vélos, sur la route ensoleillée, il doit en avoir marre. Nous continuons donc en ayant abandonné nos vélos. Mes baskets s'engluent dans l'humus, je vois mon alibi se déliter. Hansi trimballe un grand sac, dans lequel j'imagine toiles, pinceaux et peut-être même un chevalet. Il gambade de grosse pierre en grosse pierre, tel un cabri. Je le suis avec enthousiasme jusqu'à ce que nous arrivions au fameux mur païen. La vue me déçoit quelque peu : je ne sais pas pourquoi mais je l'imaginais plus grand et en meilleur état. Hansi se retourne. Me voyant hésitante, il prend ma main et me traine de l'autre côté du mur. Je la serre très fort. Alors il me tire d'un coup sec et je bascule contre lui. Il sourit mais reste silencieux. Nous allons tous les deux bien, je suis satisfaite, la malédiction ne m'était pas dirigée. Nous grimpons le long du chemin, main dans la main. Cela semble si naturel. Pour la première fois, je me promène en montagne sans cette sensation épouvantable que l'on m'observe. La seule chose qui me cause soucis est mon médaillon qui chauffe, comme lors de cette promenade géologique, sur le Bollenberg. Hansi était avec moi la première fois, j'ai confiance que si je me remets à être malade, il saura prendre soin de moi.

Nous arrivons sur le domaine de l'abbaye, et je lâche Hansi pour courir jusqu'au point de vue depuis une large terrasse, face au bâtiment. La vue est magnifique, dégagée : nous sommes tellement chanceux de visiter l'endroit par une si belle journée, même s'il commence à être déjà tard et que le soleil s'incline. « Il faut que je me mette au sport. » me dis-je à moi-même. Enthousiaste, je demande à Hansi où il souhaite s'installer tandis que je ferais mon tour de la propriété. Il fait mine de sélectionner un coin de paysage. « *On se retrouve ici dans une heure ?* » J'anticipe déjà que les derniers kilomètres vers ma chaumière se feront dans l'obscurité. Heureusement, la route sera principalement en descente. « *Va où tu dois. Ce n'est pas très grand et je veux pouvoir voir différents points de vue, nous nous croiserons sûrement. Va donc t'élever vers le Seigneur en rendant visite à cette chère abbesse. Peut-être auras-tu besoin d'un petit remontant après ? Ce qui sera bien triste puisqu'il sera alors temps de redescendre dans la vallée…* » Fier de son jeu de mot, Hansi continua à s'installer, sortant de son sac une sorte de tabouret repliable, puis un chevalet, puis du papier à dessins et enfin une boîte de fusains.

Mon ordre du jour est clair : trouver la statue de Sainte-Odile, la soulever, prendre le coffre et rejoindre Hansi ni vu ni connu. Je commence par regarder la grande bâtisse de pierres rouges. Je constate avec effroi que sur la tour la plus proéminente se trouve une statue d'une dame avec une crosse, Sainte-Odile probablement. Je ne suis pas sûre que cela soit le clocher, mais en tous cas, il semble il y avoir une promenade juste en dessous. Depuis la terrasse où je me trouve, je ne distingue pas grand-chose : c'est tellement haut et beaucoup trop loin. Espérant pouvoir y accéder depuis l'intérieur, j'entre dans le bâtiment. Il me parait anachronique, beaucoup trop moderne, mais je comprends que l'abbaye initiale a été détruite, plusieurs fois, par des feux, par des guerres. J'arrive dans un couloir qui débouche sur plusieurs chapelles. Dans l'une d'entre-elles, une statue d'Odile prie pour le repos de son père, le Duc Aldaric. Évidemment, l'abbaye étant dédiée à la sainte, elle doit être représentée de multiple fois. Je comprends mieux l'allusion des frères Pfimlin sur peindre le nez des statues en rouge. Les statues de sainte Odile, il doit y en avoir de partout sur le site. Et des touristes. Je ne pourrais pas juste déplacer une statue comme cela, devant tout le monde. Je laisse tomber mon portefeuille et m'écrie « *Oh non, mon portefeuille est tombé et toute ma monnaie a glissé sous la statue* !» Les gens dévient leur regard dans ma direction, puis reprennent leurs activités : allumage de cierges, prière, observation de peintures… Cette Odile-ci est agenouillée et porte un manteau d'hermine. Sans ses grands yeux verts, elle ne ressemble pas à l'image que je m'en étais faite. Et elle est lourde, sacrément lourde. L'on me dévisage et je regarde en souriant, bêtement « *Désolée, ma carte bleue vient de glisser sous la statue...* » Je réussis à la déplacer pour me rendre compte que non, il n'y avait rien de caché ici… Je me relève « *Ça y est, ouf, j'aurais été bien embêtée si je n'avais pas retrouvé ma carte bleue...* » Je sors de la chapelle et continue ma route le long des couloirs. Ici, une Odile de style roman, sans nez car usée par le temps, là une mini Odile de Bronze sur un promontoire, Odile est partout, mais mon coffre nulle part. Il faut que je réfléchisse mieux. Je dois me focaliser sur une Odile qui serait restée à sa place depuis 1944. Et cela ne semble pouvoir être que l'Odile du clocher. J'entre dans la basilique, en essayant d'être la plus calme possible. A la fois excitée et inquiète de ne pas trouver le coffre avant de devoir quitter les lieux, je peux entendre les battements de mon propre cœur. Je ne trouve pas comment accéder au clocher, en revanche je trouve le tombeau de la sainte. Je pose ma main sur le sarcophage de marbre. Je marmonne « *Si effectivement nous sommes liées et si j'ai en quelque sorte une mission en relation avec ce qui se trouve dans ce coffre, s'il vous plait Madame, aidez-moi à le trouver…* ». C'est alors que depuis un faux pan de mur sort un type en treillis. Devant mon air surpris, il me parle avec un accent alsacien presque incompréhensible. Je ne comprends pas tout, mais je discerne « éclairage » et « clocher ». Je ne sais si Odile m'a entendu, mais je souris à l'homme et dès qu'il est sorti je m'engouffre dans l'escalier qui mène au clocher.

X.

L'escalier n'est pas vraiment aménagé pour les visites, mais j'arrive à monter. Je me tiens juste sous la statue, sous le toit du clocher. J'inspecte la pièce mais ne trouve rien. Je grimpe sur une sorte d'éclairage, tapote le plafond, toujours rien. Je dois me rendre à l'évidence, il me faut grimper sur le toit. Je me glisse par l'une des ouvertures du clocher. Ne pas regarder en bas. A califourchon sur le rebord, mon pied est complètement dans le vide, aucune possibilité d'appui. J'attrape le haut de la fenêtre avec mes bras, cale mon second pied sur le rebord. Ne vraiment pas regarder en bas. Je me hisse et pose mon deuxième pied sur le rebord, mes mains accrochées à la génoise sous les tuiles du toit. Par chance, elles sont composées de terre cuite et donc probablement bien moins glissantes que des tuiles en céramique. Je peux voir les pieds de la statue, couverte de lichen et de fiente de pigeon. J'ai beau m'agripper pour essayer de monter plus haut, je n'y arrive pas. Je ne vois pas comment je pourrais, de toute façon, bouger la statue qui est bien plus immense que ce que je m'étais imaginé. Je me concentre, mais je ne suis pas assez stable pour le faire convenablement. Ne voyant pas de solution, j'en conclus que je devrais revenir, une autre fois. Il faut maintenant rebrousser chemin. J'ai le malheur de regarder en bas. Je suis tétanisée quelques minutes. Je reprends mon souffle. Non, je ne peux plus bouger. Je sens des larmes me monter aux yeux, je tremble. Soudain, une chouette blanche magnifique s'approche de moi.

« *Bonjour toi. Que tu es belle. Tu es venue me tenir compagnie. C'est gentil, parce que là, maintenant, tout de suite, je me sens idiote et ridicule. Tu vois, je voudrais faire des choses fabuleuses et voilà où j'en suis.* »

Je me je reprends. Je repasse un bras vers l'intérieur, glisse ma jambe gauche le long du mur, puis ma deuxième jambe calmement. Dans le clocher, je regarde cette belle chouette blanche et je ne sais pourquoi, je lui fais une révérence, en la remerciant. Puis je me rends compte que ma main est sale, couverte de fiente, probablement de fiente de chouette. De retour en bas du clocher, il me faut donc à présent trouver des toilettes. Je traverse un long couloir décoré d'un chemin de croix. Finalement, une porte décorée d'un pictogramme de « madame ». Après m'être lavé les mains plusieurs fois frénétiquement, je ressors mais n'ai aucune idée de l'endroit où je me trouve. Je pousse la première porte qui s'offre à moi, et me voici dans un jardin intérieur, décoré de tulipes qui commencent à s'ouvrir. Le printemps est décidément précoce cette année. Au centre du jardin, une statue de Sainte-Odile semble me regarder. Je m'approche lentement, comme-ci après mes aventures aériennes je ne pouvais y croire. Il n'y a pas de touriste alentours. La statue est couverte de lichen, comme celle qui se trouvait sur le clocher, mais pas de défécations de chouette. Elle tient un livre, comme la plupart de ses effigies. Sur le livre, les yeux sont gravés en profondeur. C'est alors que je réalise que je connais la forme gravée : c'est celle de l'émeraude sur mon médaillon. Je le sors de sous ma chemise, la forme correspond exactement à celle gravée dans la pierre. Je place le médaillon contre l'œil, il s'emboîte parfaitement et l'émeraude se détache pour former l'iris de l'œil gauche. L'autre émeraude, l'autre œil. Je sors la clef et la place sur l'œil droit. Une fois encore, l'émeraude s'encastre parfaitement. C'est alors que la statue se déplace de quelques dizaines de centimètres vers l'arrière, laissant apparaitre un objet recouvert de poussière. Surement, personne ne l'avait touché depuis mille neuf cent quarante-quatre.

Je sors quelque chose emballé dans un épais morceau de toile. Le dépiautant, il s'agit d'un petit coffre en argent embossé richement décoré. Je récupère la clef et mon médaillon, la statue retourne à sa place. Je réalise que l'emplacement, le mécanisme de la statue, ont été conçus plusieurs siècles auparavant. Toujours seule, je m'assois sur un rebord de pierres qui délimite l'un des carrés de tulipes. Je frotte le couvercle pour en enlever la terre. Tout d'abord, je ne peux pas voir la serrure. Puis, je réalise que certaines parties du décor peuvent être déplacé, dégageant des pseudo serrures mais que ma clef ne peut ouvrir. L'embossage déplaçable représente des arabesques, des fleurs, un papillon, des abeilles, plusieurs croix et un œil clos, bordé de longs cils. Je me concentre. Je transfère toute mon énergie pour activer le coffre. Les décorations deviennent malléables, puis l'œil cligne et le coffre redevient solide. Vidée, ma force est comme évaporée. J'ai l'impression de chanceler quelque peu. Cependant, je réalise que la paupière de l'œil clos est à présent amovible et dessous, au niveau de la pupille, se trouve un petit trou dans lequel je peux glisser ma clef. Je fais un quart de tour vers la droite et entends un petit cliquetis. Le couvercle se relève. L'intérieur était doublé de tissus, maintenant presque décomposé. J'y trouve un gros caillou. Il n'a rien de particulier. Il ne ressemble pas à la pierre de la lave qui avait aidé à chauffer la théière de Paul. Cette pierre-ci avait dû être taillée, en témoignant l'un de ses coins, trop pointu pour ne pas avoir été découpé comme cela par la main de l'homme. A côté, un morceau de bois enserré de métal. Et puis rien d'autre. C'est un peu décevant : un caillou et un bout de bois. Je prends la pierre pour la regarder de plus près. Elle est chaude, très chaude, trop chaude. Je la remets vite dans sa boîte. Cela me fait penser à un documentaire que j'avais vu sur la catastrophe de Tchernobyl, lors de laquelle des morceaux de pierre radioactive, du graphite, avaient empoisonné les pompiers. Était-il possible que cette pierre soit radioactive ? Bien entendu, à l'époque de Sainte Odile, personne n'avait jamais entendu parler de radioactivité et donc cette pierre, capable de causer peut-être des brûlures, peut être des empoisonnements du sang, était interprétée comme une pierre du diable, de Satan, de Voldemort ou qui sait quelle était la lubie de l'époque. Je referme la boîte. Je ne me souviens pas trop des cours sur la radioactivité, je me remémore vaguement qu'il existe des niveaux de protection différents en fonction de la matière de l'écran de protection et de la nature de la radioactivité en question. L'état misérable de la doublure du coffre doit être due aux rayonnements. Soudain inquiète, je prends des mouchoirs en papier, les humidifie en utilisant ma gourde, puis recouvre le coffre. J'ai un vague souvenir d'ondes pouvant etre bloquées par l'eau et d'autre par le métal… Je regarde mes mains. Il me faudra les surveiller pendant quelques jours, probablement. J'imagine ce qu'aurait dit Emma si elle était ici « *Le magique est une anachronique acquisition partielle de connaissance* ». Je regarde mon téléphone. Oh Emma, pourquoi restes-tu silencieuse ! Sur internet pour en apprendre autant que possible sur la radioactivité en un temps éclair, je suis rapidement déconfite. Mon ami Wikipédia n'est finalement pas moins obscur que l'ignorance. Soudain, je jette un œil à ma montre et me rends compte de l'heure. Hansi doit m'attendre. Je fourre le coffre dans mon sac, bien enveloppé dans mon sweater, et cours vers la terrasse. La vue sur les Vosges et le soleil couchant. Hansi est là, me souriant. « *Hello !*

-Bonne visite ?

-Oui.

-Intéressante ?

-Oui ?

-Tu as trouvé ce que tu étais venu chercher ?

-Tu en es où de tes croquis ?

- Hum... Tu accepterais de poser pour moi avec la montagne en fond ?

- Il y a ce gars, Leonard Quelquechose, qui a peint une jolie fille en face d'une jolie vue. Les gens aiment bien ce tableau-là, non ?

- Infaillible. Très bien, je plie les gaules...

- Tu me montres, avant ? Tes croquis ? »

Hansi semble gêné, alors je prends la pile de papier épais. J'observe ses esquisses : une vue de la montagne, l'abbaye imaginée dans un temps ancien, avec au premier plan une nonne discutant avec un pèlerin, deux jeunes femmes discutant dans la forêt, paniers posés sur les hanches, avec le mur en fond. L'une d'elles me ressemble fortement. Et porte mon médaillon. Sur l'esquisse précédente, la nonne aussi porte mon médaillon. Et ce n'est pas là juste une nonne, mais l'abbesse à en croire sa crosse posée au sol. Je touche mon médaillon mécaniquement. Hansi pose sa main sur mon bras, rougissant, et murmure : « *Que veux-tu, il est possible que certaines personnes soient plus captivantes que d'autres…* »

Je ne suis pas sûre de vouloir être sa muse, bien que flattée. Je lui rends ses dessins. Ils me dérangent. Ce n'est pas parce qu'ils me représentent, c'est parce qu'ils semblent réels, comme une vision photocopiée. Les détails, les proportions, les expressions, tout cela me parait irréel de justesse. « *Tu es vraiment talentueux.* » je susurre. Il m'embrasse. Je sens mon corps valdinguer quelque peu. Je m'y attendais un peu, mais cela ne sonne pas juste. Ce n'est pas tout à fait ainsi que je le considère. Il est mon ami. Et je crains que mon cœur ne soit pris par l'inaccessible Louis. Je le laisse m'embrasser sans répartie, Hansi se détache, finit de ranger ses affaires « *Rentrons, il se fait tard.* ». Il met son sac sur son épaule et nous partons.

XI.

Hansi me tient fermement par la taille, comme s'il s'inquiétait que je ne détale. Je ne me sens pas bien. La tête me tourne, mes jambes gondolent, je me sens empoisonnée. Je ressens la même sensation que lors de mon malaise sur le Bollenberg. Qu'on n'accuse pas les orchidées, cette fois-ci. Je me souviens alors que Hansi me tenait par l'épaule ce jour-là. De la clef incandescente dans ma poche. J'en ai gardé une petite cicatrice dans la paume. Je tente de me détacher de mon ami, mais il me tient trop fermement. Je le regarde, tentant de lui faire comprendre, il me sourit et renforce son étreinte. Mon médaillon m'incendie la poitrine, mon sac irradie mon dos. « *Il fait tellement chaud. Faisons une petite pause, veux-tu ? A la fraiche. A distance, pour faire circuler l'air.* » Il ravive son étreinte. Mon instinct me dit qu'il faut sortir la pierre du coffre. Mais enfin, servirait-elle réellement à se protéger de… De Hansi ? J'ai la nausée et je tombe à genoux. « *Ça ne va pas Célestine ? Je peux t'aider.* » Non, ça ne va pas, je deviens folle. Penser que Hansi est quoi… une sorte de démon malsain ? Je peux voir le mur païen en face de moi. Le mur. Ne pas pénétrer dans l'enceinte du mur. Est-ce la malédiction qui s'abat sur moi ? Malgré le feu qui calcine mon torse, je suis glacée et je me rends compte qu'il neige. C'est impossible, les tulipes sont en fleurs, le printemps était en avance. Une bourrasque emporte des flocons à travers les arbres. Le mur en face de moi se couvre de neige. Je dois partir de l'autre côté du mur, je relève le menton et je me redresse péniblement. C'est alors que je remarque que la pierre du coffre ressemble fort aux pierres du mur, comme si elle en était un éclat. Je me sens un peu mieux, Hansi se tient à distance de moi. Je prends mon sac à dos. Il m'observe. Je m'approche du mur, le touche. Ce devait être le mur qui me tournait la tête. Là, sur le sol, une grosse pierre attire mon regard.

« *Et oui, le mur s'est écroulé ici. Quatre fois. La première fois, quand tu m'as quitté, la deuxième fois quand tu as repris le contrôle de l'Altitona, et enfin lorsque j'ai pu reprendre mes forces et détruire le mur, mettre le feu à l'abbaye. Une fois pour toute. Je me suis échappé, j'ai pu ressentir le monde nouveau. J'ai découvert de nouvelles religions, de nouvelles forces au pouvoir. J'en ai profité pour mettre un peu de panique, une bénédiction ces catholiques et ces protestants. Mille cinq cent quarante-six, une belle année.*

- *Je ne comprends pas !*
- *Me voici donc devant toi, le puissant Cerrunnos. Ne me reconnais-tu pas, Ovate ? Tu es ici sur mon territoire, là où tes ancêtres m'ont vénéré pendant des millénaires.* »

Soudain, une sorte d'hologramme sort du corps de Hansi, qui s'écroule sur le sol enneigé tel un pantin. Ne pas avoir peur. Maintenant que je sais ce que j'ai à craindre, beaucoup de chose deviennent plus claires dans mon esprit. Connais ton ennemi. Je respire.

« *Et la quatrième ?*

- *Que le mur s'est écroulé ? Quand la belle Lucia m'a refusé également, elle a essayé de s'enfuir. J'avais pris mes quartiers dans le beau Strasbourg. Et voici que je la sens, avec son énergie. Vois-tu Célestine, rien n'est meilleur pour moi que de puiser l'énergie de celles qui auraient dû être mes ovates. Mon imbécile de frère m'a laissé quelque peu diminuer suite à quelque querelle. Je dois retrouver le pouvoir qui m'a été volé. Lucia m'a revigoré formidablement. Et voilà que je me rends compte que la lignée n'est pas éteinte. Belle Célestine. Si ce n'avait été cette vieille bique de Marie-Augustine, tu aurais été mienne depuis longtemps. J'ai dû briser le mur une dernière fois pour être sur qu'elle ne m'y emprisonnerait à nouveau. Cette nuit-là, je l'ai tuée, mais vois-tu, je ne sais comment, son âme a perduré pour protéger sa descendance. Je me souviens de ton père. Je l'ai laissé vivre car je savais qu'il produirait une nouvelle ovate.*

- *Mon père ne sait rien.*
- *Bien, il est souhaitable que les humains n'apprennent rien... Vois-tu, c'est certainement ta très chère Marie-Augustine qui a fait en sorte qu'il ne se souvienne pas. Quelle femme vraiment. Elle aurait pu être des nôtres.*
- *Et vous êtes quoi, exactement.*
- *Regarde-moi, Célestine.* »

Tandis que je le fais papoter, je me rapproche du mur, mais Cerrunos se déplace à une vitesse incroyable bien que saccadée. Sa course presque invisible aux yeux humains est trahie par des bruits de galop. Je le vois dans sa forme réelle pour la première fois, ses grands bois de cerfs ornant sa tête, son corps fin et agile, ses yeux qui dégageant une sorte de phosphorescence. Il est nu et ses jambes sont poilus comme celles d'une bête. Quant à ses pieds, ils semblent à première vue humains avec des orteils. Au second regard cependant, ce que j'avais pris pour des chaussures se trouvent être des sabots qui couvrent la plante de ses pieds jusqu'au talon d'Achille. Il n'a cependant rien d'un centaure, son torse est bien celui d'un homme. Il est grand, bien plus que moi. Pour une fois, je me sens minuscule. Surtout, ne pas montrer que je suis terrorisée.

Il s'assied en tailleur sur un rocher. « *Nous sommes ici à la porte de Ehl. C'était beau à l'époque où l'on me vénérait encore, il y a deux mille ans. Les jeunes filles venaient y déposer des fleurs. Il n'y avait pas encore le mur, juste une clôture de bois et une porte de pierres. Ce n'était pas des fleurs de votre temps, juste des fleurs sauvages, des crocus et du muguet, des orchis et des myosotis, des gentianes et des campanules. A cette époque-là, les hommes me confiaient leurs filles et je leur apprenais à lire la forêt, à utiliser son énergie, à communiquer avec les cerfs et les sangliers. Il n'y avait qu'harmonie. Depuis la porte, vers la clairière, il y avait un village. De par sa proximité avec le mont, avec le cœur de la forêt et de son énergie, tous maitrisaient les puissances druidiques. Puis, les Romains sont arrivés. Ils avaient ce besoin de pouvoir et d'organisation. Ils ne savaient pas écouter ce qui les entouraient. Ils avaient même perdu leurs divinités, empruntaient celles des Grecs. Ils se sont installés à Ehl, l'ont appelé Helveticum. Ils ont plié les gens du village devant leur aigle. Ton ancêtre, la belle Siobhara, m'était ainsi promise. Avant qu'elle ne tombe dans les griffes du Romain. Et parce qu'il n'avait rien compris à ce que nous sommes, il apporta leur enfant à ses amis pour le protéger. Mais ses romains avaient tout envahi, même ma forêt. Ils avaient installé une maison, ici, sur le sommet. J'ai repris ce qui était à moi. C'est ainsi que je l'ai tué, lui, le romain. Et tous les autres aussi. Ils disent que je suis devenu fou, que j'ai souillé la nature de leur sang. Et te voilà ainsi, résurrection de la belle Siobhara. Ne sens-tu pas en ton âme son histoire ?* »

Il se lève et saute à quelques centimètres de moi. Tandis qu'il parlait, je tâchais de m'approcher du mur. A présent, il me bloque la route. Il faut que je prenne la pierre du coffre, comment donc suis-je censée faire cela ? Le sol se met à trembler et de gros rochers moussus s'élèvent. Les flocons de neige virevoltent, vers le ciel. Je tombe à la renverse, me blessant le poignet contre une pierre anguleuse. Il s'agenouille face à moi, soulève mon bras, met ses mains autour de mon poignet. La douleur s'amenuise. Je sens son odeur animale, si forte qu'elle me donne la nausée. Je pense au coffre, à la pierre. Est-ce possible que cette pierre aide à reconstruire le mur et garder prisonnier Cerunnos sur la montagne ? La tête me tourne, maintenant qu'il est près de moi. C'est lui qui déjà m'avait rendu nauséeuse quand j'étais proche de Hansi. Ce qui m'entoure se floute, mon esprit glisse et me quitte. Il s'allonge sur moi et m'embrasse sauvagement. Je ne le veux pas, mais mon corps ne réagit plus. Je suis une poupée de chiffons dans ses mains. Je focalise alors mon esprit sur l'énergie de la terre et le coffre. Je me sens toujours faible depuis l'ouverture du coffre. De ses doigts, ses ongles se mettent à pousser pour former des griffes, aussi coupantes qu'un sabre. Du sang coule de mes poignets mais je ne peux lutter. D'un coup de griffes, mes vêtements sont fendus, et je me retrouve le torse nu face à lui. Mon médaillon crépite, nous marquant comme un fer chauffé à blanc. Je n'ai même plus la force de hurler de douleur. Avec ce qu'il me reste d'énergie, j'implore les forces de la Nature, j'appelle le vent, pour qu'il approche le coffre et la clef. Il plante l'extrémité de l'une de ses griffes dans ma chair, depuis mes côtes jusqu'à quelques centimètres de mon nombril. Je ne suis plus que souffrance. Il lèche le sang. Son visage n'a plus rien d'humain et me terrifie. Toujours, mon corps reste inerte, mais la douleur que je ressens me fais me rappeler que je suis toujours vivante, que je peux encore lutter. De toutes mes forces, j'en appelle à l'énergie de la terre et du vent. Une brise soulève un morceau de tissus qui cachait mon sein gauche. Il se jette dessus comme un bébé vorace. Je veux vomir. La colère m'envahit, la brise devient plus forte, se transformant en un vent violent. Alors je continue à utiliser ma rage. Il tente d'ouvrir mon pantalon quand de petits oiseaux se jettent sur lui et se mettent à picorer son visage. Il se relève et envoie une onde qui passa à travers la forêt. Alors qu'elle traverse mon corps, j'ai l'impression que chacun de mes os viennent de recevoir un choc. Tandis qu'il ne me touche plus, je sens mon corps m'obéir à nouveau. Je rampe vers l'arrière, à distance du mur, et me jette sur mon sac à dos. Les oiseaux tombent au sol, morts. Obéissant aux mouvements des mains de Cerunnos, des racines se dirigent vers moi à toute vitesse, et dans un vrombissement, l'une accroche une de mes chevilles. Je réussis à attraper le coffre, que je serre contre mon cœur le plus fort possible. La clef est dans ma poche, j'espère qu'elle n'en est pas tombée.

Je sens alors quelque chose m'agripper violemment et mes pieds décollent du sol. Je me retourne et vois Louis, dont les yeux d'un bleu si pâle qu'il semblent presque blancs fixent les racines avec fureur. Deux grandes ailes immenses sortent de son dos et ombrent les rayons de Lune. Elles se mettent à battre d'une façon étrange, et ce qui ressemble à une onde transperce tout ce qui était en face de nous. Les arbres sont arrachés et avec eux, leurs racines. Le mur païen se désintègre sous le choc. Le seul son qui est émis est très net et extrêmement bas dans les graves. Mes oreilles se mettent à siffler pendant quelques secondes tandis que j'essaie de reprendre mon souffle après que ma poitrine ait été compressée par le choc. Puis, il y a un silence, mis à part le clappement régulier des ailes de Louis. Je le regarde. Qu'il est magnifique. Sa beauté court-circuite mon cerveau quelques minutes. Sur son torse nu et athlétique quelques minuscules plumes apparaissaient, puis à mesure qu'on s'approche des épaules, de plus grandes, d'un blanc brillant comme la première neige du matin, celle qui ne fait pas peur. Des plumes blanches qui me font aussitôt penser à cette chouette blanche qui m'avait sauvée plus tôt, aujourd'hui, sur le clocher. Leur douceur est inimaginable. Je m'aperçois que j'y ai plongé ma main et que je les caresse machinalement. Je stoppe net, me rendant compte de mon inconvenance. Louis ne semble pas y prêter attention. Il regarde droit devant lui, la mâchoire serrée, m'agrippant comme si j'étais un paquet glissant et encombrant. Reprenant mes esprits, étant enfin pleinement consciente de la situation et pouvant à nouveau gesticuler, j'essaie de visualiser et mettre en place un plan pour utiliser la pierre.

« *Non.* » Je viens d'entendre sa voix dans ma tête. Je lève les yeux vers lui, mais toujours il fixe les racines. « *C'est moi qui suis inconvenant. Je ne devrais pas vous contempler, vous désirer comme je le fais. Je ne dois pas intervenir, cela m'est interdit. Je vous prie de m'excuser de la situation dans laquelle je vous mets. Morte, vous auriez connu la paix. A présent, c'est la guerre, et vous en êtes le centre.* ».

Je suis stupéfaite, comment ça, la situation aurait été plus simple, s'il m'avait laissé être violée et assassinée par un bouquetin ! J'entends toujours sa voix dans ma tête. Je me tourne vers lui et cette fois-ci, il me rend mon attention et dit « *Je vous prie de m'en excuser, Célestine. Bouquetin, ça me plait. La pierre, il faut l'insérer dans le mur et la bloquer avec le tenon de bois.* »

Il a à peine le temps de finir sa phrase qu'il me projette à une trentaine de mètres. Mon dos s'écrase violemment contre un tronc d'arbre. Le goût de la neige, du sang et de la terre. De nouvelles ondes partent des ailes de Louis, tandis que des lignes de flammes strient le sol. Puis les arbres se poussent d'eux-mêmes, et Cerrunos réapparait, ses cheveux n'étant plus que des flammes, et son entière personne émanant des photons comme une lampe. Je ne peux regarder dans sa direction, la lumière est trop puissante. Cette fois, c'est la voix de Cerrunos que j'entends dans ma tête

« *Si tu viens vers moi, que tu me jures fidélité et que tu restes vivre avec moi, ici dans la forêt ou au Monastère, comme tu le souhaites, alors comblé je resterai calme. Mais si tu te refuses à moi, la malédiction envers ta famille continuera, jusqu'à ce que tu me donnes ta fille ou ta petite-fille. Quant à ton ange-gardien, en respect des accords, je ne le détruirai pas, mais j'exige qu'il restaure pleinement mes pouvoirs. Sois sûre, ovate, qu'il aime sa solitude, ses lectures sur les œuvres des hommes. Il ne te prendra pas comme sienne.* »

A ces mots, Louis s'envole plus haut, et ses ailes produisent un son suraigu qui fait imploser la plupart des arbres nous entourant. Des nuées d'oiseaux nous rejoignent et nous entourent.

« *Célestine, sais-tu donc qui te protège et pourquoi il le fait ?* »

Non, et je m'en fiche. J'ai réussi à ouvrir le coffre. Je cours aussi vite que je le peux, sautant par-dessus le corps toujours inerte de Hansi. Je retombe dans la neige et l'humus. La pierre semble elle-même me guider. J'arrive sur un pan de mur et la pierre me tire vers le haut, comme si elle devait être posée sur le haut du mur. Je me mets à escalader comme je le peux. Je me hisse roc par roc, mes prises glissant à cause de la neige. Derrière moi, j'entends des bruits de tonnerre, de craquements, de feu, de chocs. Puis je sens Louis m'agripper par la taille et me jeter sur le haut du mur. Puis, il s'envole de l'autre côté. Je trouve où insérer la pierre. Immédiatement l'espace entre chaque bloc s'illumine d'un magma turquoise incandescent. Je veux bloquer la structure avec le petit tenon de bois, mais il ne s'emboîte pas. Je racle cinq cents ans d'histoire avec mes ongles, mais ça ne fonctionne toujours pas. Faire vite. Je pousse de toutes mes forces le tenon, y transférant toute mon énergie. Tout le magma incandescent me transperce alors le corps pour insérer ce minuscule bout de bois à sa place. J'ai l'impression de ne plus être. Inerte, les yeux à peine entrouverts, j'observe des pierres qui se lèvent de toutes parts de la colline et réassemblent le mur. Mon lit de roche s'agitant, je tombe et suis rattrapée par Louis qui s'enfuit par les airs. Mon corps est parfaitement mou, je ne ressens plus aucune douleur. Le clappement de ses ailes n'est pas régulier. Nous chutons puis remontons dans le ciel. Je vois Cerunnos n'être plus que feu et la forêt s'enflammer avec lui, la neige redoublant. Puis, la montagne tremble. Une faille se forme, de la lave érupte. Le sol se morcèle puis s'affaisse, emportant avec lui le corps inerte de Hansi. Dans un grondement sourd, l'abbaye s'effondre et le mont s'écroule sur lui-même. Toute la région qui se trouvait à l'intérieur du mur est engloutie dans une fosse abyssale. Je vois les plumes de Louis abîmées, un liquide bleu épais coulant le long de son cou, puis sur mon corps, se mêlant à mon sang. Nous passons au-dessus des nuages. Nous allons en direction du soleil, là où il ne s'est pas encore couché. C'est tellement magnifique. Il me maintient toujours fermement contre lui, par un bras, mes membres se balançant dans le vide. Puis il se redresse. Ma tête se pose lourdement sur son épaule. Il place mes cheveux avec douceur pour qu'ils ne valdinguent plus au vent et me serre contre lui et reprend son vol. Je ferme les yeux.

Epilogue.

Anya regardait le soleil se lever, à travers une fenêtre arrondie dont la vue donnait principalement sur de grands saules et sur un minuscule fragment du Mississippi. Elle venait de s'installer sur Mud Island, une péninsule qui se détache de Memphis. Elle avait choisi une grande maison, aux murs de bois peints en vert, dans un cul-de-sac. Elle l'avait choisi à cause de cette vue sur le fleuve, même si elle était de biais et riquiqui.

Elle se servit une très grande tasse de café léger parfumé à la noisette synthétique, alluma la télévision, et monta sur son vélo d'appartement. Elle mit le programme brûleur de calories et commença à pédaler. Bientôt, son sweat-shirt jaune poussin à manches courtes fut trempé de transpiration. Pendant les périodes d'effort, elle soufflait, elle râlait, elle transpirait. Pendant les périodes de repos, elle sirotait son café, tandis qu'elle feuilletait un magazine sur lequel se trouvaient des starlettes, plus jeunes et plus minces. Elle pensa à sa fille, Célestine, qui était bien aussi jeune et bien aussi mince qu'elles. Elle redoubla d'effort sur le vélo d'appartement. Puis, elle s'arrêta et alla prendre une douche. Elle mit directement le sweat-shirt et son short en jersey dans la grande machine à laver. Puis elle alla se doucher, enfila une grande tunique blanche et un legging, mit sa crème anti-ride. Enfin, elle retourna au salon pour nettoyer les poignées collantes du vélo. C'est alors qu'elle passa devant la télévision et vit défiler une banderole rouge en bas de l'écran « Breaking news : Mountain collapses in France ». Une jeune-femme au brushing parfait et qui portait un tailleur ajusté rose bonbon, commentait les terribles nouvelles, avec un froncement de sourcils sévère qu'elle avait dû longuement travailler devant son miroir pour le jour où elle couvrirait un tel évènement. Anya monta le son et s'assit sur l'accoudoir de son canapé. « La montagne s'est effondrée sur elle-même. Elle était le siège d'un monastère du huitième siècle». Puis on montra les images stupéfiantes filmées depuis un hélicoptère, d'un trou au milieu d'un massif montagneux couvert de forêt enneigée. La commentatrice expliquait que la crevasse formée à cet endroit était extrêmement profonde et les géologues interrogés sur le sujet avaient bien du mal à déterminer les causes d'une telle catastrophe. On rappelait l'origine de la vallée d'Alsace, effondrement d'une unique masse montagneuse qui avait donné naissance aux Vosges et à la Forêt Noire. Des drones filmaient la crevasse pour que les scientifiques puissent établir une cartographie plus précise. Puis les images montrèrent les abords de la zone d'effondrement, un passage dans une forêt moussue puis l'arrivée à un vieux mur de pierres et le sol qui disparaissait subitement dans les abîmes. Anya ne connaissait que trop l'endroit. Stupeur. En zappant sur une autre chaîne télévisée qui relayait aussi l'évènement, elle vit que cela se passait sur le Mont Saint-Odile. Qu'ils ne s'approchent pas du Mont Saint-Odile ! Bien qu'elle sache que sa fille vivait à plusieurs kilomètres de là, elle ne put s'empêcher d'avoir une boule à l'estomac. Elle enleva la serviette qui entourait ses cheveux, se frictionna le cuir chevelu puis s'appliqua à bien sécher les pointes, tout en suivant le flash spécial. Du calme, on l'aurait déjà appelé. Subitement, elle entendit comme un coup violent contre la porte d'entrée. Effrayée, elle marcha sur ses pointes de pieds et regarda par un petit fenestron ce qui se passait sur le seuil de sa maison. Après tout, nous étions à Memphis, une des villes les moins sûres des Etats-Unis, et bien qu'Anya ait déménagé dans un lotissement des plus calmes, on n'était jamais à l'abri d'une bataille de gangs. Elle ne put croire ce que ses yeux lui montraient. Elle alla chercher un grand couteau de cuisine, puis alla ouvrir. Un homme ailé, couvert de liquide bleu, gisait devant sa porte. Il tenait le plus précieux des paquets dans ses bras. Elle attrapa l'homme par le bras et le tira à l'intérieur de la maison. Après une œillade alentour pour vérifier qu'il n'y avait aucun témoin de la scène parmi des voisins ou des promeneurs, elle ferma la porte. Elle avait été chargée d'une mission. Elle avait failli, elle était tombée amoureuse de celui qu'elle devait protéger, elle lui avait fait un enfant, elle avait baissé les bras, mais elle n'avait pas rompu le secret. Elle aurait dû le faire 20 ans auparavant. Enfin, elle se précipita vers son téléphone et composa un numéro. « *Allô, Jacques ? C'est Anya.* »

www.ingramcontent.com/pod-product-compliance
Lightning Source LLC
LaVergne TN
LVHW012058160826
845678LV00014B/2875

* 9 7 8 2 9 5 8 4 6 3 9 0 8 *